# 中央美术学院
# 中国美术学院
# 清华大学美术学院
# 历届高才生
# 素描
# 精品集

名誉主编　刘丽萍　王少伦　曹兴军　程向君

主　编　韩冰

江西美术出版社

# CONTENTS

# 大师谈艺录

素描，它是构成油画、雕刻、建筑以及其他种类绘画的源泉和本质，也是一切科学的根本。那种已经掌握了这种东西（素描）的人，可以相信自己占有一笔巨大的财富。

——米开朗基罗

拉斐尔的素描之所以有价值，乃是他用眼睛看，用自己的手表达灵魂的明朗幽静，乃是从衷心流露出来的对整个自然的爱。有些人丝毫没有这种温柔的感情，却想从这位乌俾诺的大师那里模仿他的有节奏的线条和人物的姿态，那么所能做到的，无非是非常乏味的剽窃。

——罗丹

在米开朗基罗的素描中，可赞赏的不是线的本身，不是大胆的透视缩减和精研的解剖，而是这位巨人像雷鸣似的那种绝望的威力。

——罗丹

伦勃朗的素描不同于拉斐尔，但并不因此逊色。拉斐尔的线条柔和而纯净，伦勃朗的线条往往粗犷而触目，二者形成对比，这位伟大的荷兰画家爱观察衣服的粗糙，脸上的皱纹，穷人的手足胼胝。因为，在伦勃朗看来，所谓美，无非是人的躯壳的平常和他内在光辉之间的对照。

——罗丹

绘画的表现力要求有丰富的素描知识，因为缺乏素描知识，不可能获得十分优秀的成绩。实际上，表现力不可能在最大的准确性之外表现出来，只有在素描上具有特殊的才华，才能够达到这种极大的准确性。在大师中间，富有表现力的油画家，都是最具卓越才能的素描画家。拉斐尔就是一例。

——安格尔

我不需要悼词或什么东西，只希望在我的墓上写一句话：他从内心里热爱素描。

——德加

素描是至高无上的，许多艺术家因它而光辉灿烂；素描如磐石，许多艺术家的城堡以它为奠基，素描是一切造型艺术的基础。

——契斯恰珂夫

素描是一切的基础，是根基，谁要是不懂得或者不承认这一点，谁就没有立足之地。素描是艺术中最刚强、坚实、稳固和崇高的东西。

——契斯恰珂夫

素描画的不是形体，而是对形体的观察。

——德加

在每一个物体中必须抓住的，以便在素描中表现出来的最重要的东西，这就是主要线条的对比，在铅笔接触画纸前，需要把这个对比深刻印在想象中——绘画中的轮廓，如同雕塑中的一样，是一种理想和虚构的现象。它应当以自然而然的方法产生，在正确地布置重要部分的结果中出现。

——德拉克洛瓦

画素描，并不是简单地描画出外形；素描不单单是由轮廓构成的，除此以外，还包括有情景和造型……

绝不允许孤立地逐个地描画，如先画完头部，再画人体、躯干、手等等，因为这样一来，你不可避免地要使整体的和谐简单化。相反要规定出存在于各个局部之间的那种比例关系：找出动势的真实性；指出它的特征。怕冷不怕热，要描画得热烈些！

——安格尔

形体或素描，其表现形式是无限丰富的，可能表现得非常充分，而且带有气度高尚的审慎感，或者是仅仅利用线条，或者是借助于能塑造物体并能表现光线的色调。

——高更

素描首先就是表现——素描摆脱了表面的真实，才能取得表现的真实。

我主要是把素描当作表现内在情感和描述心境的一种手段，而且是精心简化，以使表现有单纯和自发性质的一种手段，它流利地直接向观者的心灵诉说。

——马蒂斯

不要担心素描美不美，要不断地注视实物，而不是注视铅笔，不管线条勾得怎样，如果它勾得逼真，那它就是美丽的、轻快的。

——契斯恰珂夫

# 中央美术学院
## Central Academy of Fine Arts
历届高才生素描作品

# 中央美术学院简介

## 学校概况

中央美术学院于 1950 年 4 月由国立北平艺术专科学校与华北大学三部美术系合并成立，是教育部直属的唯一一所高等美术院校。北平艺术专科学校的历史可以上溯到 1918 年，在教育家蔡元培先生积极倡导下成立的国立北京美术学校是我国历史上首所国立美术教育学府，也是中国现代美术教育的开端。华北大学美术系的前身是 1938 年创建于延安的"鲁艺"美术系。中央美术学院的首任院长是著名美术家、美术教育家徐悲鸿先生，现任院长为著名画家、美术史论家潘公凯教授。

中央美术学院是中国乃至世界著名的美术学府，凝聚和培养了诸多蜚声海内外的艺术大家，学院致力于建设造型、建筑、设计、人文等学科群相互支撑、相互影响的现代形态美术教育学科结构，在建构新世纪中国特色的美术教育体系中发挥着引领作用。其以本科教育为基础，注重发展研究生教育，致力于培养创作、研究、教学的高层次专门人才和具有民族文化传统修养和国际视野的艺术人才。

中央美术学院现设有中国画学院、造型学院、设计学院、建筑学院、人文学院、城市设计学院六个专业学院和绘画、中国画、书法、雕塑、艺术设计、美术学、建筑、摄影、动画九个本科专业；并设有继续教育学院和附属中等美术学校。中央美院自 2004 年始试行学分制教学管理和新的教学安排，每年设 38 个教学周，分为三个学期。学院现有一个艺术学一级学科硕士授予点（覆盖 8 个二级学科）；一个建筑学二级学科硕士授予点（建筑设计及其理论）；一个艺术硕士（MFA）专业学位点；两个博士学位授予点（美术学、设计艺术学）；2003 年获准建立艺术学博士后流动站，专业范围涵盖国画、书法、油画、版画、雕塑、壁画、动画、数码媒体艺术、摄影艺术、平面设计、环境艺术设计、产品设计、时装设计、建筑学、美术史论、设计艺术论、非物质文化遗产、设计管理、艺术管理、艺术考古、博物馆学、美术教育学、书画鉴定、书画修复等 30 多个专业方向。中央美术学院教学科研面积共 495 亩，总建筑面积 24.7 万平方米。每年招收中专生（附中）、专科生（成人教育）、本科生、硕士研究生、博士研究生和各类进修生。现有在职教职人员 500 余人，在校本科生和研究生近 4000 名和来自十几个国家的留学生百余名。中央美术学院教学设施完备，专业实验工作间设备齐全，是其专业教学和学科建设的有力保障。中央美院的图书馆是目前国内最先进的美术专业图书馆之一，共有图书近 40 万册。美院美术馆还定期举办本院师生作品展，承办国内外学术水平较高的美术展览。此外，中央美术学院还编辑、出版《美术研究》、《世界美术》两本国家一类学术期刊。

鉴于中央美院在中国艺术界、教育界所处的历史地位，其将中国艺术的发展引领中国美术教育的进程视为自己的神圣使命。在现当代新的社会环境和历史条件下，中央美院正在致力于推动中国艺术的发展，努力为中国美术教育事业做出更大的贡献，力争将中央美术学院建设成为国内领先、国际一流的综合性美术学院！

## 院系设置

### 中国画学院

中国画学院成立于 2005 年，其前身为 1958 年所成立的中国画系。学院教学理念以传统绘画、书法基础、写生基础、史论基础为主导，恪守教学大纲，实行传统出新、中西融合两种教学思路与方案，坚持从传统到现代、从生活到艺术、从基本功到创造性这三个基本环节。坚持"传统为本、兼容并蓄、教学相长、鼓励独创"和"三位一体"的教学方针，实行"传统、生活、创作相结合"的教学原则及"临摹、写生、创作相结合"的教学方法，以教研室制与选修制相结合的教学结构，开设临摹、写生、书法、篆刻、创作及其他辅助课程，设置有人物（工笔、写意）、山水、花鸟、书法专业，及中国画材料与表现工作室并设有书法绘画比较研究中心。中国画学院的改革与发展在中国画现代的演进过程中，已成为 20 世纪中国画发展最为重要的学术成果，培养了大批品学兼优的能适应社会多方面需要的中国画专门人才。

### 造型学院

造型学院成立于 2003 年，设有油画系、版画系、雕塑系、壁画系、实验艺术系和基础部。造型学院新生统一在基础部学习一年，期满成绩合格后，分入油画、版画、雕塑、壁画专业继续学习。中央美术学院的造型基础教学与艺术创作在全国一直起着引领和示范作用，基础部注重对学生综合造型能力的培养，并将东西方不同造型意识融入教学当中，以引导学生对东西方优良文化传统和我国民族文化精神的继承；深化学生对造型的认识，提高学生对未来专业选择的适应能力，进行全面的素质培养。造型艺术是一个国家文化发展水平的方向标，由于中央美术学院所处的学术地位，造型艺术学科的发展必须走在中国艺术教育发展的前沿。

### 人义学院

人文学院成立于 2003 年，其前身为 1956 年成立的中央美术学院美术史系。人文学院经过几代学者的不懈努力，在中国古代画论、中国近现代美术史、西方现当代美术史、中国古代书画鉴定学、中国民间美术史、中国美术文献学、中外美术交流与比较、中国佛教美术史、中国古代书画修复、文化遗产与考古美术、艺术管理与策划等学术领域已具领先优势。在新中国美术史、视觉文化、西方女性主义美术史、东方美术史的研究和教学上，也初显成就。学院现设四个专业系：美术史系、艺术管理学系、文化遗产学系、美术教育学系，此外还设有非物质文化遗产研究中心和信息资料中心。公共课部下设两个教学中心：外语教学中心、人文社科基础课教学中心，另设有体育教研室。人文学院与国内外的学术同行有着广泛的联系，并与多所国际著名大学保持着良好的学术交流和交往。

### 设计学院

设计学院成立于 2002 年，其前身为成立于 1995 年的设计艺术系。设计学院在基础教学上强调"艺术性、实验性、前瞻性、国际性"的教学定位，旨在培养新时代应用型具有洞察力、想象力、决策力的高端设计人才。学院注重以灵活的训练课题，启发和引导学生理解艺术和设计的关系，培养学生的综合能力和整体素质。学院积极开展国际合作与交流，与多所国际著名设计院校建立了学术交流与合作关系，促进了学院教学与学术研究的整体发展，在设计教育界也产生了广泛的影响。设计学院现有视觉传达、数码媒体、工业设计、摄影、首饰设计和时装设计 6 个专业方向。设计学院最主要的基础课程为：自然形态基础、抽象型态基础、材料实验基础、构成基础、思维训练、通感训练、综合训练等。

### 建筑学院

建筑学院成立于 2003 年，是我国第一所由著名造型艺术学院与大型建筑设计院联合办学的学院。倡导加强艺术界和建筑界的联系，以建立高水平教学、设计、艺术实践及理论研究为一体的教育平台，实现教学、科研与实践相结合，建筑艺术、建筑科学以及建筑文化并重的教学理念，以培养具有艺术家素质的建筑师与设计师，从而改变当前我国艺术界与建筑设计界和文化界相对隔膜的现状。学院现设有景观设计、建筑学和室内设计三个专业，强调艺术、建筑、文化专业间的交融与学术渗透，构成三位一体，相互渗透，共同发展的建筑艺术教育体系。

### 城市设计学院

城市设计学院成立于 2002 年，倡导将城市建设向多元化发展，以适应时代发展和社会需求，保证服务品质，将专业能力与理论理念相结合，既具有完善的理论基础，也具备扎实的实践能力和良好的综合素质，将教育领域与市场需求紧密联系。专业设置以城市设计、形象设计类及城市生活产品设计类专业为主，并采取灵活应变的方针，向与专业有密切关联的领域拓展和辐射，以适应和引领当前社会人文、时尚、生活的潮流。该院强调"以实践带教学"的理念，切实做到基础理论与应用实践相结合，为城市设计的持续发展寻找更多的契机，以培养具有设计、策划、实践等综合能力的应用型设计人才。城市设计学院设有城市信息设计学部、城市形象设计学部、城市时尚设计学部、城市影像设计学部。下设有出版设计工作室，动画创作中心和培养中心等机构。

### 继续教育学院

继续教育学院成立于 2004 年，是从事成人高等教育的二级学院，其前身为成立于 2000 年的成教部，2004 年 3 月更名为继续教育学院。在校生共计 700 多人，学院现设有平面设计、室内设计、电脑美术、出版与设计、中国画、油画、书法、动画、绘画等专业。成人高等学历教育面向全国招收二年制高中起点专科、二年制专科起点本科学生，教学与管理分别由继续教育学院和城市设计学院实施。我院成人高等教育招生工作于每年 6 月开始，9 月中旬进行专业考试，新生于次年春季入学。该院教师注重学生的专业基础和职业技能的提高，培养具有创新思维意识和实践能力，以及全面素养和综合素质的艺术人才。

### 附属中等美术学校

中央美术学院附属中等美术学校创办于 1953 年，是在著名美术教育家徐悲鸿先生和江丰同志亲自倡导下创办的。附中现位于燕郊校区，学制四年，是国内唯一一所教育部直属的中等美术学校。严格、系统的专业训练和全面的文化素质培养是本校的教育特色。课程设置的基本思想是重视基础训练，重视文化课的学习和文化艺术修养的提高。具有悠久的办学历史，雄厚的师资力量，学风严谨，有完善的教学设施和一流的校园环境。本校面向全国招生，培养德、智、体、美全面发展的造型、设计、国画、影视美术等专业的高等艺术院校后备人才和直接面向社会输送中等美术人才。几十年来，中央美院附中培养了大批优秀艺术人才，被誉为"艺术家的摇篮"。

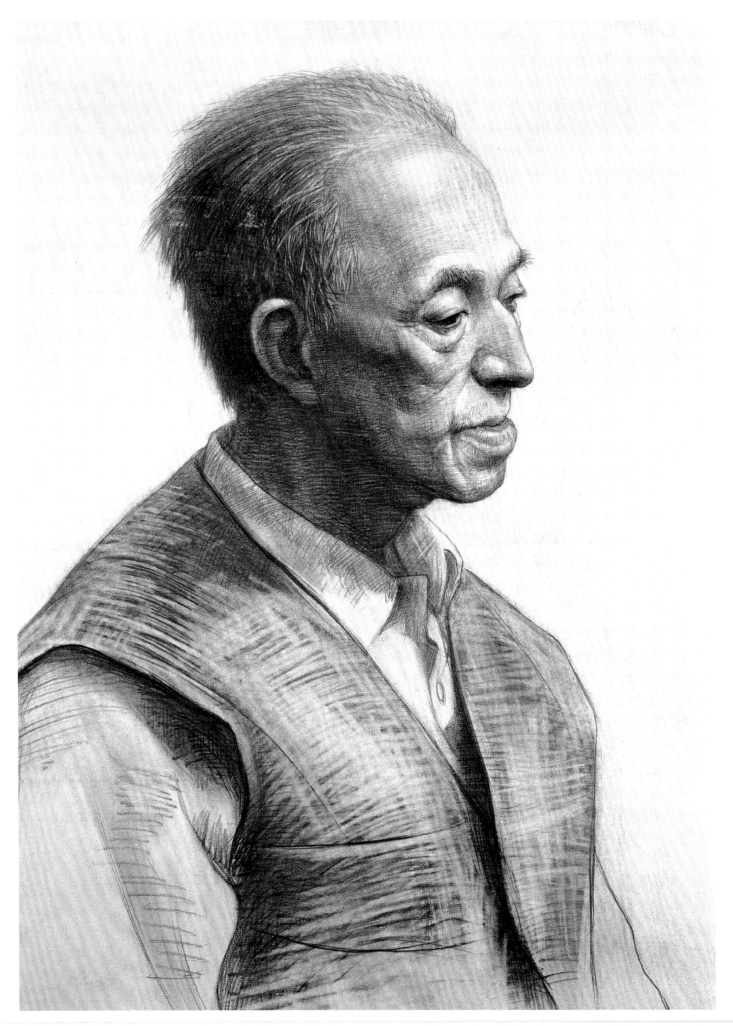

素描头像    中央美术学院 中国美术学院 清华大学美术学院历届高才生素描精品集

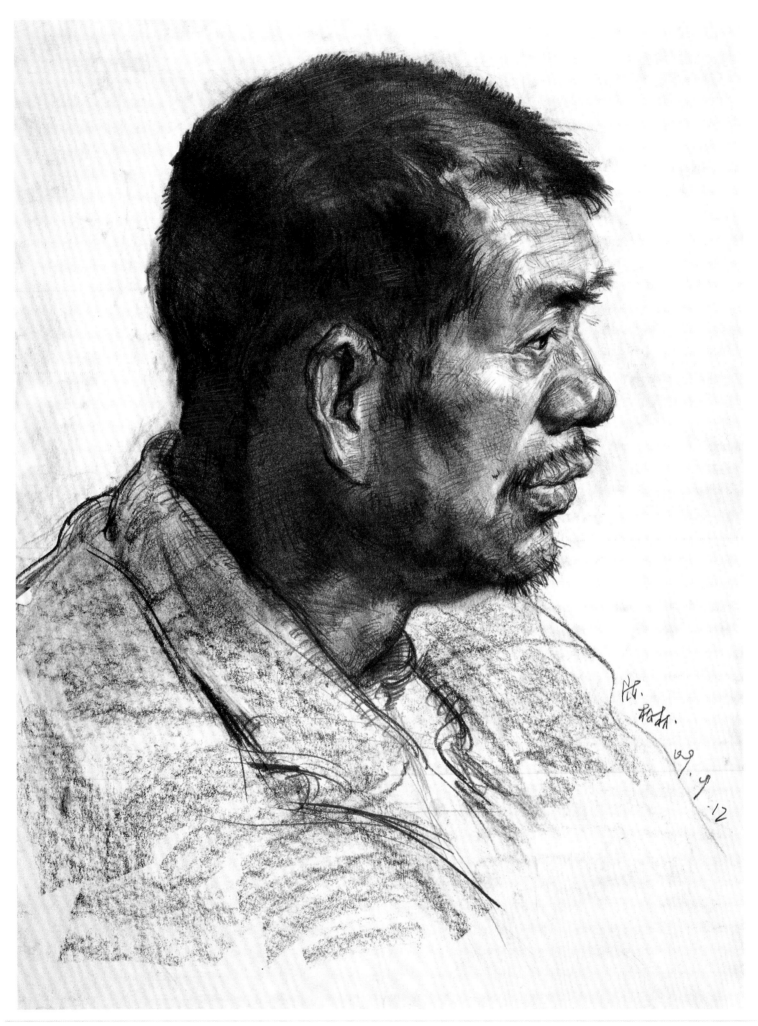

素描头像　　中央美术学院 中国美术学院 清华大学美术学院历届高才生素描精品集

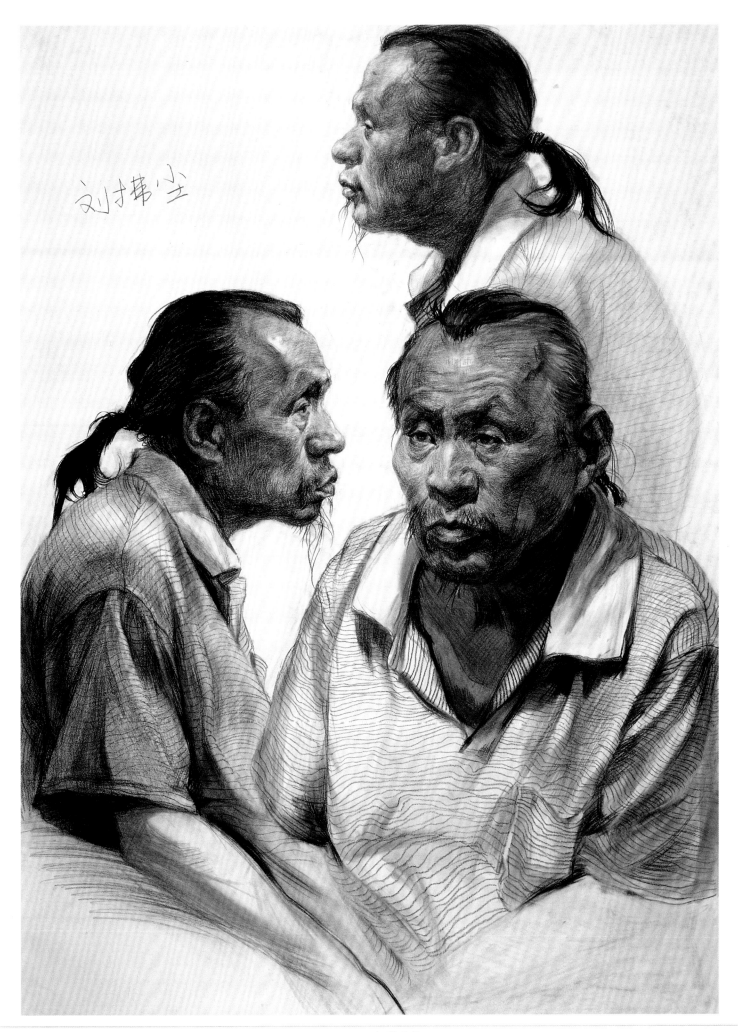

刘拂尘

素描头像 中央美术学院 中国美术学院 清华大学美术学院历届高才生素描精品集

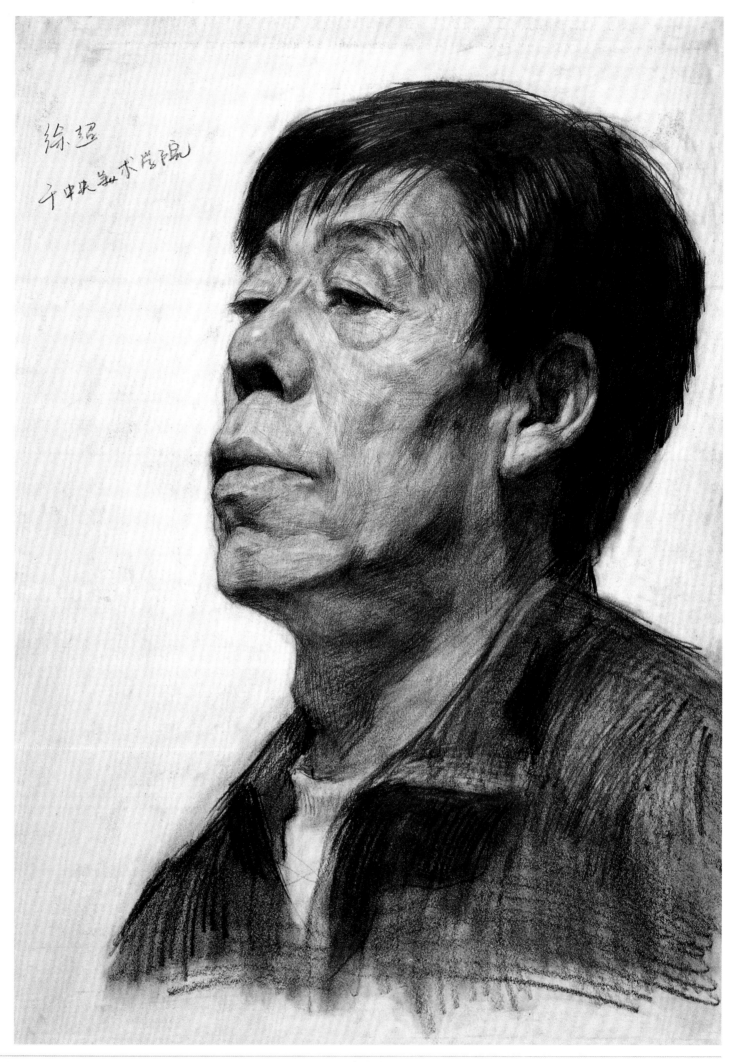

徐超
于中央美术学院

中央美术学院　陈松林

素描头像 中央美术学院 中国美术学院 清华大学美术学院历届高才生素描精品集

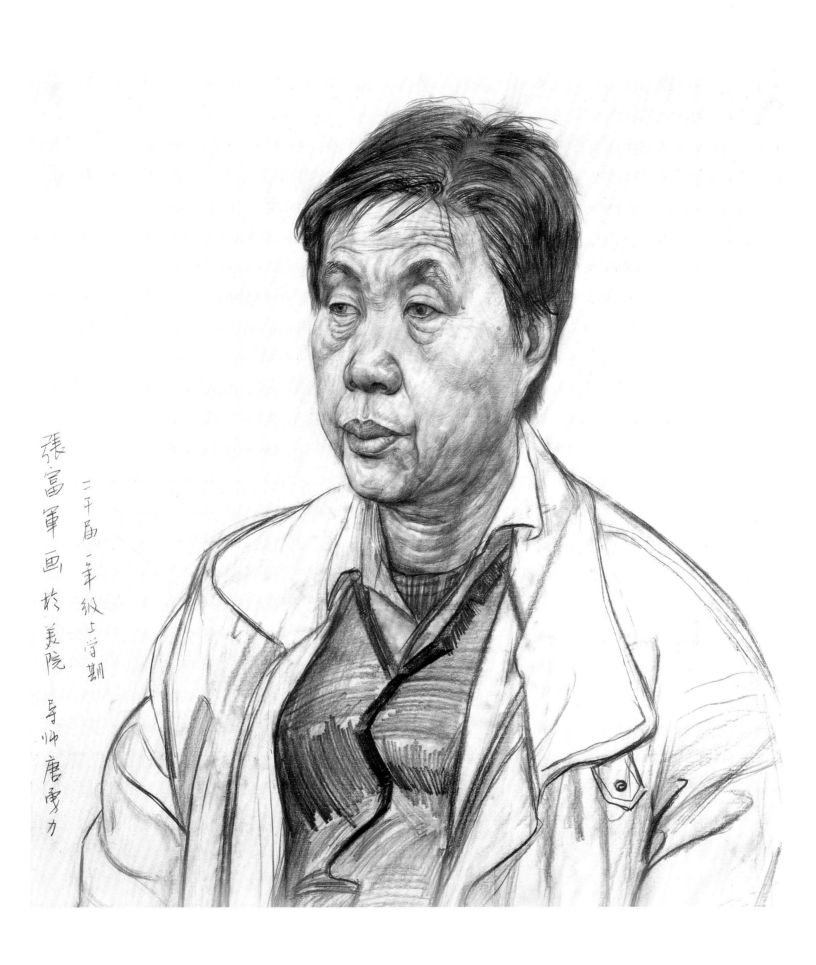

张富军画于美院 导师唐勇力

二十届 二年级上学期

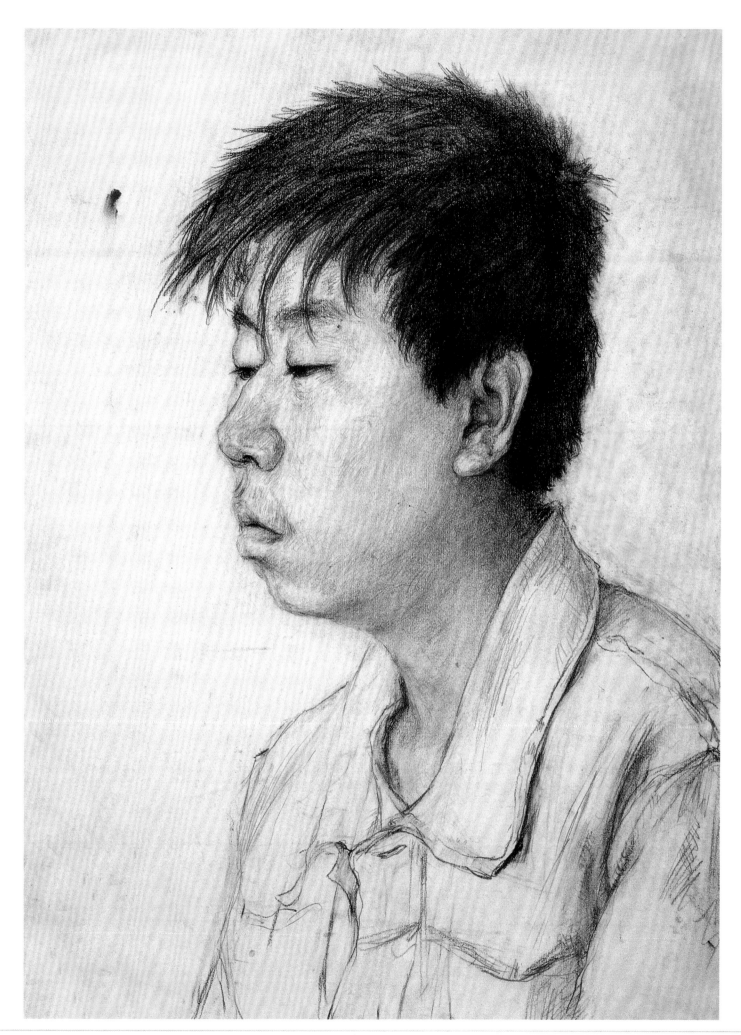

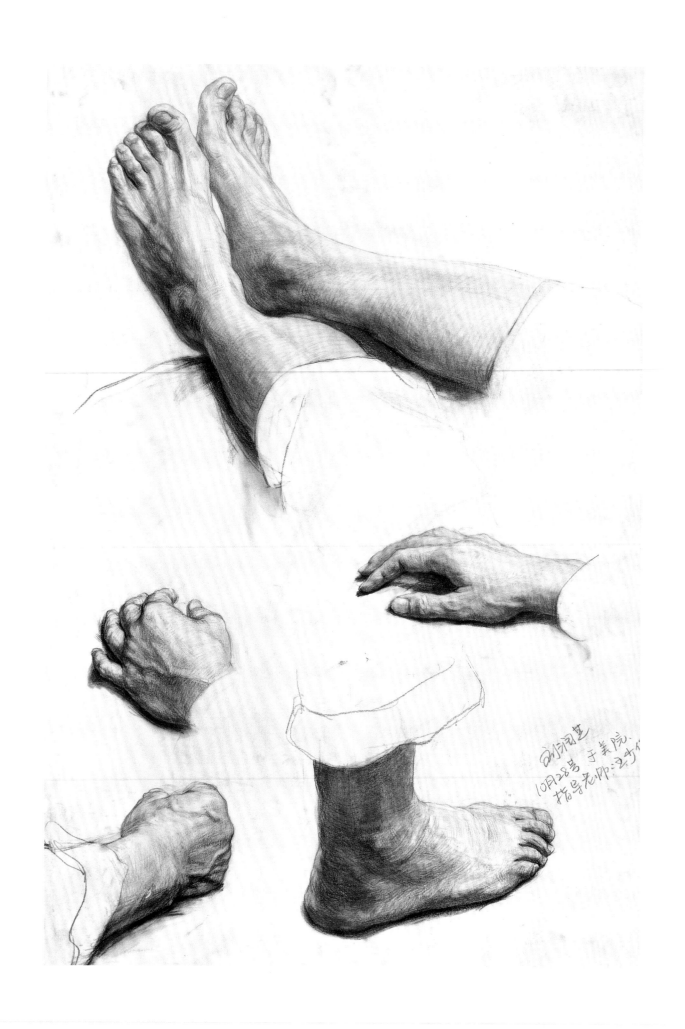

素描手足 中央美术学院 中国美术学院 清华大学美术学院历届高才生素描精品集

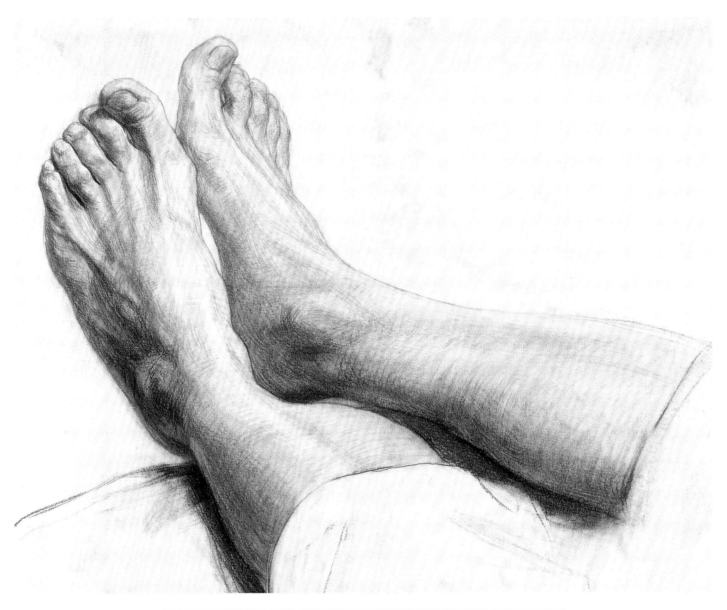

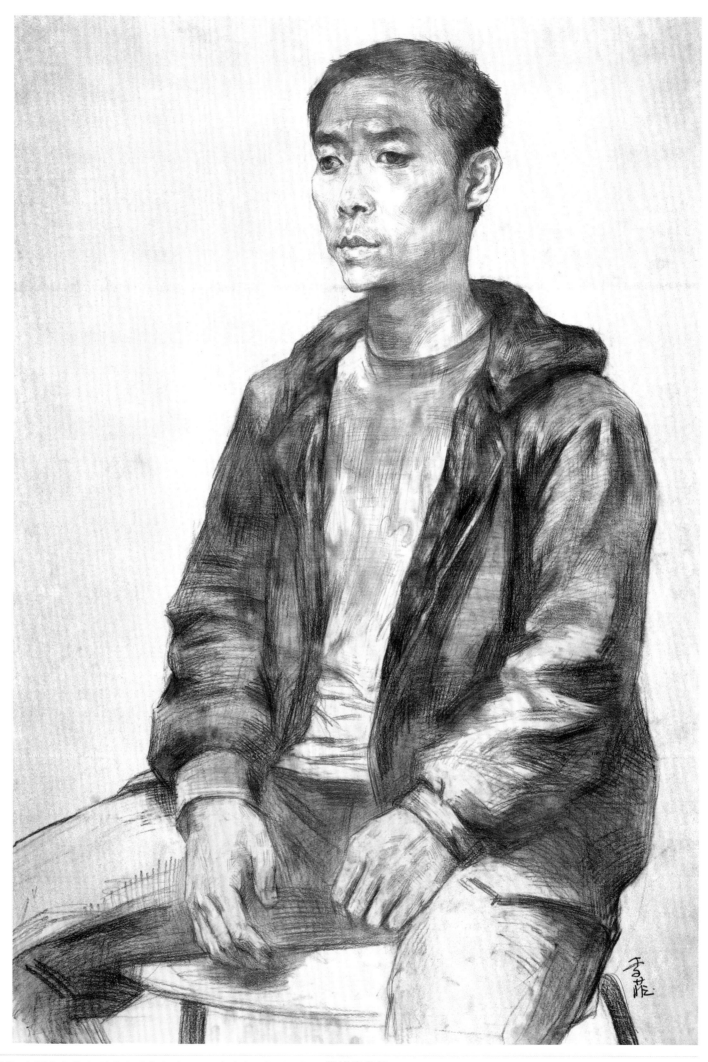

素描半身像 中央美术学院 中国美术学院 清华大学美术学院历届高才生素描精品集

素描半身像　中央美术学院 中国美术学院 清华大学美术学院历届高才生素描精品集

刘拂尘
画于中央美术学院油画系

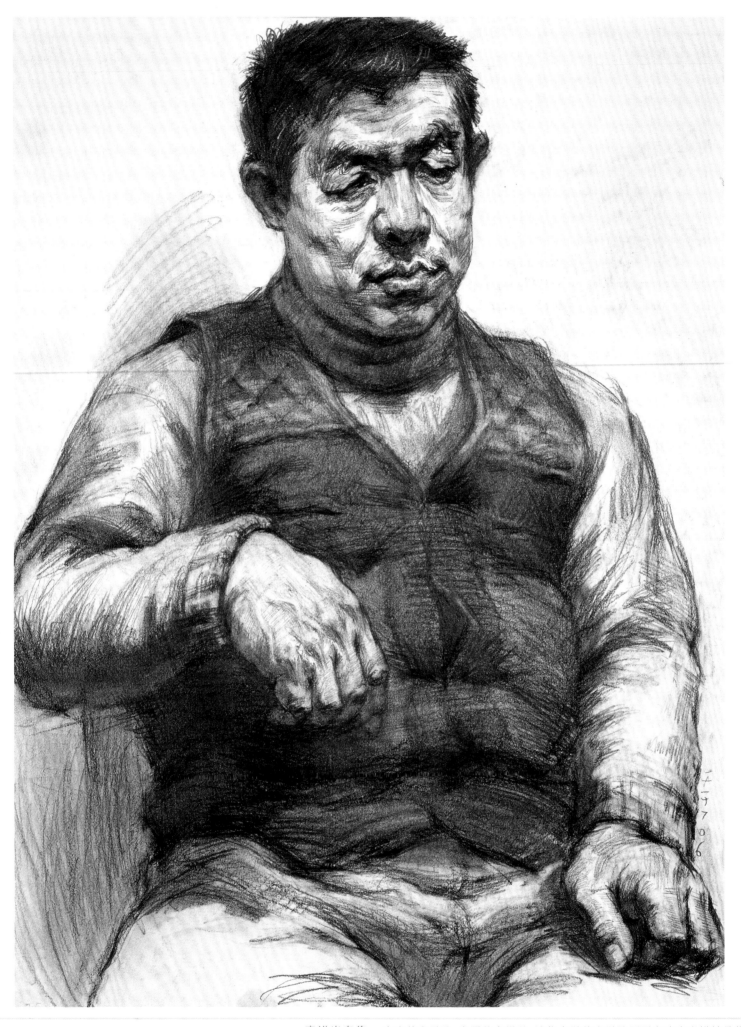

素描半身像　中央美术学院 中国美术学院 清华大学美术学院历届高才生素描精品集

中央美术学院 于雨田（右）

素描全身像 中央美术学院 中国美术学院 清华大学美术学院历届高才生素描精品集

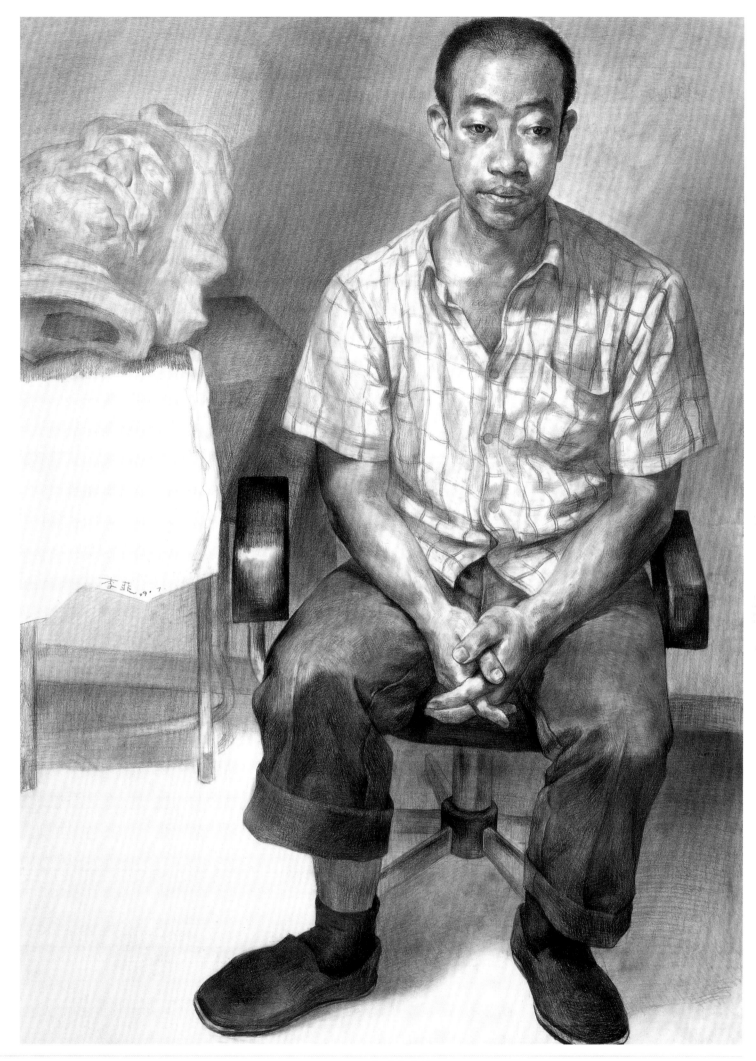

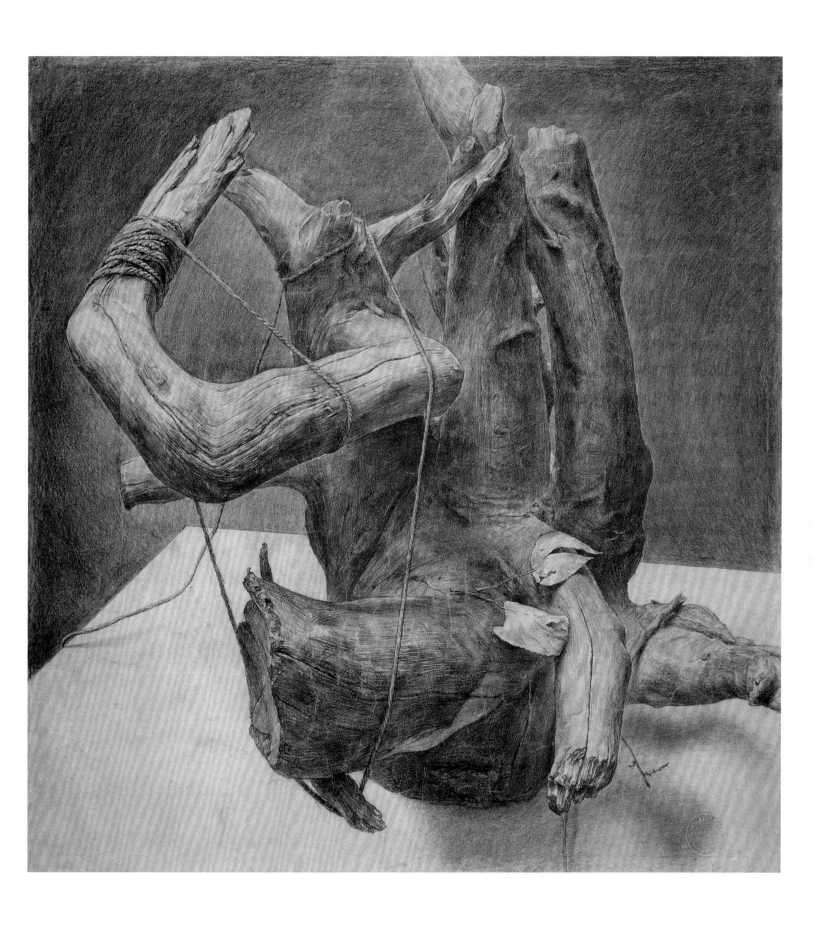

素描静物　中央美术学院　中国美术学院　清华大学美术学院历届高才生素描精品集

素描静物（局部）

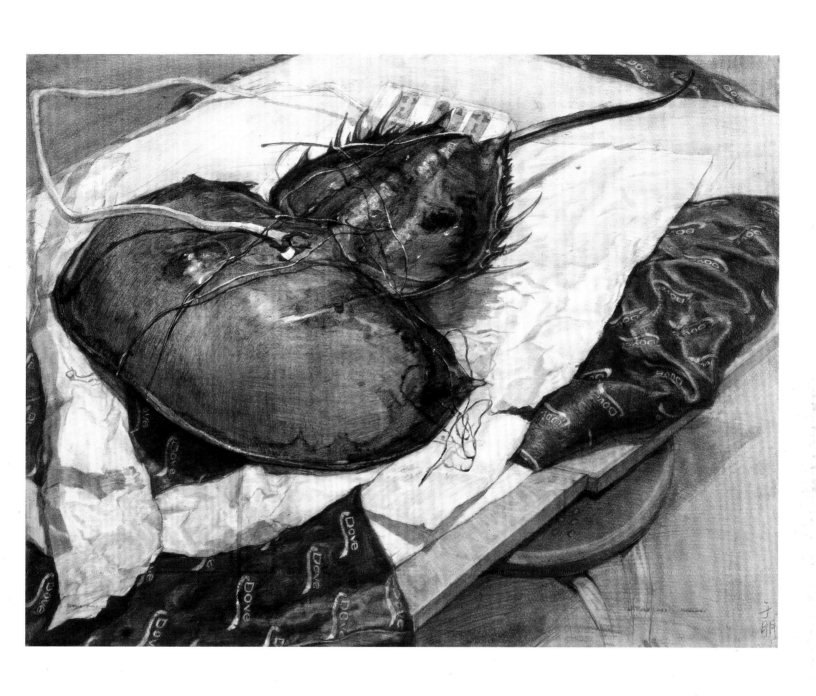

中央美术学院 刘拂尘

素描石膏像　中央美术学院 中国美术学院 清华大学美术学院历届高才生素描精品集

中國美術學院
China Academy of Art
历届高才生素描作品

## 中国美术学院简介

## 学校概况

中国美术学院创建于 1928 年，是中国第一所综合性的国立高等艺术学府。由蔡元培先生择址于历史文化名城杭州的西子湖畔，其首任院长为林风眠先生。

中国美院是当今国内艺术学科最为完备、最具规模的综合性美术院校之一，也是国内外极具声望的高等艺术学府。其办学宗旨为传承中华文化，兼容西方艺术，创新时代艺术。它历经初创期的艰辛，成熟期的丰硕和拓展期的跃进，始终站在时代艺术的前沿，充满与世界艺术积极对话的理性精神，对中国当代视觉文化艺术的创新和拓展产生了重要的影响。

在 80 余年的历史发展中，学院历经风雨，十次迁址，六易其名：1928 年，国立艺术院；1929 年，国立杭州艺术专科学校；1938 年，国立艺术专科学校；1950 年，中央美术学院华东分院；1958 年，浙江美术学院；1993 年，中国美术学院，建院 80 余年来，中国美术学院聚集和培养了 20 世纪中国乃至国际有影响的众多杰出艺术家：林风眠、潘天寿、黄宾虹、刘开渠、吴大羽、颜文樑、倪贻德、李苦禅、李可染、董希文、王式廓、王朝闻、赵无极、朱德群、吴冠中……

目前，中国美术学院拥有南山、象山、张江三大校区，地跨杭、沪两市，现有在校学生 8000 余人，教职工近千人。美院领导提出了构筑"大底盘、高层次"的学术平台，以美术学、设计学为核心辐射建筑学、电影学、教育学领域，创建出体现民族精神和时代创新理念的特色型人文学科群，近年来学院形成了基础部教学与特色工作室研修的"两段式"教学机制。2007 年，中国美术学院美术学学科再次被列为全国重点学科，艺术学一级学科获准设立博士后流动站。如今，学院形成了三个学部、十个学院的总体布局，三个学部：专业基础教学部、公共课教学部、实验教学管理部；十个学院：造型艺术学院、设计艺术学院、公共艺术学院、传媒动画学院、建筑艺术学院、艺术人文学院、上海设计学院、国际教育学院、艺术设计职业技术学院、继续教育学院，实现了学院历史上跨越式的大发展。

中国美院担负着引领中国艺术发展方向的重任，以建设成世界一流美术学院为目标，倡导多元、创新的学术思想，培养德、智、体、美全面发展的从事美术创作、设计、理论研究和美术教育的德艺双馨优秀人才。

# 院系设置

## 造型艺术学院（南山校区）

造型艺术学院以造就基础扎实、有创新精神和实践能力的艺术人才为培养目标，以学科建设为中心，以教学改革为先导，以教学管理的科学规范为手段，提高办学质量。造型艺术学院设有中国画系、书法系、油画系、版画系、雕塑系、综合艺术系、新媒体艺术系7个教学单位，除中国画系、书法系和雕塑系，其他院系均实行低年级在基础部学习，高年级在专业特色工作室研修相结合的"两段制"教学体系。学历层次为学士、硕士和博士。

## 设计艺术学院（象山校区）

设计艺术学院成立于2003年，其以多元化市场需求为导向，以综合传统工艺与高科技为手段，以实现传统文化资源向时尚原创设计转型为旨归，以培养现代国际化背景下的高端设计人才为目标。该院现拥有染织与服装设计研究院和工业设计研究院两个高端研究机构，并设有平面设计系、染织与服装设计系、工业设计系、综合设计系、设计艺术学系。

## 公共艺术学院（象山校区）

公共艺术学院成立于2007年，该院以营造和谐美好的城市环境、提高公众审美意识、发展具有当代艺术精神与东方神韵的公共艺术为宗旨，以城市人性化、环境合理化、场所生活化的和谐发展为目标，培养具有厚实的造型功底、掌握专业技能和现当代艺术创作等综合素质的优秀人才。设有公共空间艺术系、壁画艺术系、美术教育系、陶瓷和工艺美术系，分为壁画艺术、美术教育、城市雕塑、公共艺术、陶瓷造型艺术、玻璃造型艺术、公共艺术策划与传播艺术鉴赏学等十余个专业方向。

## 传媒动画学院（象山校区）

传媒动画学院成立于2004年，并于同年被国家广电总局首批授予"国家动画教学研究基地"。该院以培养一流的影像艺术和动漫游的创作型人才为目标，

探索传媒和动漫游文化之间适用于本土艺术的发展之路，预见影像艺术和动漫游适应时代发展的脉搏，努力建设具有世界性影响的国家教学研发基地为己任。学院现设有动画系、摄影系、影视广告系、网络游戏系。

## 建筑艺术学院（象山校区）

建筑艺术学院成立于2007年，该院把重建艺术院校的建筑学科与完善中国建筑教育体制为出发点；把建设新时代与当代世界建筑教育学术平等沟通，取西方建筑艺术之精华，与中国建筑的传承和发扬相结合，推动有中国特色的原创性的城市、建筑、环境与人居的设计作为立足点，重建当代中国本土建筑学为研究方向。学院现设有建筑艺术系、城市设计系、环境艺术设计系和景观设计系，并设有风景建筑设计研究院、建筑营造研究中心等实践机构和模型工作室、合成材料工作室、电脑工作室等教学实验室。

## 艺术人文学院（南山校区）

艺术人文学院成立于2007年，该院以自身特有的研究特色结合具有中国特色的视觉理论和方法，形成了自身的学术品格，为中国社会的艺术与人文的发展输送了大量的高层次人才。本院在美术史学史与方法论研究方面一直居于国内强势地位，并活跃在国际学术舞台上，代表着我国相关专业领域研究的权威。学院下设美术史系、视觉文化系、艺术策划和行政系、考古与博物馆学系，其中考古与博物馆学系是全国美术学重点学科所在地。

## 上海设计学院（张江校区）

上海设计学院成立于1997年，位于上海市浦东新区张江高科技园区，充分利用上海的地理位置和社会环境优势。该院拥有雄厚的师资力量和完备的教学设施，结合国内外先进的教学实践经验，积极参与学术交流，培养应用型专门人才。学院下设视觉传达设计系、建筑与环境艺术设计系、媒体与影像设计系、工业造型设计系、染织与服装设计系、公共艺术系。

## 国际教育学院（南山校区）

国际教育学院前身是1980年成立的国际培训中心。下设境外留学生教学部和中德研究生项目部。旨在促进国际文化艺术交流，弘扬中国优秀文化，以跨学科、跨文化为教学理念，合作培养高级艺术人才。先后有千余名来自世界各地的留学生在此学习，现有学生150余名，设有中国画、书法、汉语言和中国文化等专业课程，还招收油画、版画、雕塑、美术史、设计等专业留学生。

## 艺术设计职业技术学院

艺术设计职业技术学院为中国美术学院的二级学院，位于杭州西湖区转塘，该院以立足高职教育为立校之本，以坚持"立足当前艺术设计，发展都市时尚设计，传承工艺美术设计"为办学特色，重视学生创新思维能力、实际动手能力、思维与实践相结合的能力，培养应用型、创业型的高级艺术设计职业技术专门人才。学制三年，专科（高职）学历。学院下现有特种工艺美术系、工业设计系、环境艺术系、平面设计系、影视动画设计系五个系，设有装饰艺术设计、雕塑艺术设计、雕刻艺术与家具设计、室内设计、展示设计、景观设计、动漫设计与制作、影视动画等13个专业和方向。

## 继续教育学院

继续教育学院是中国美院下设的专门从事成人学历教育和非学历教育的二级教育学院，1997年，经文化部批准成立成人教育分院，后更名为成人教育学院，2008年又更名为继续教育学院。该院倡导理论学习、专业实践与社会实践相结合，以中国美术学院强大的师资力量和深厚的学术资源为依托，把握中国当代成人美术教育和继续教育的方向，逐步建立起较为完整的学科结构，系科涵盖造型、设计、动画、环艺及公共艺术等专业方向。现设有行政管理、学历教育、非学历教育、附设机构四个教学及管理模块。

## 专业基础教学部

专业基础教学部成立于2007年，该学部秉承"大底盘、高层次、厚基础、宽口径"的办学理念，集中教学资源优势，以奠定学生坚实专业基础和深厚艺术素养为基本教学目标，设有造型分部、设计分部、图像与媒体分部三个分部，还设有国学教研室和解剖透视研究室。

## 公共课教学部

公共课教学部是承担学院非美术类课程教学任务的部门，下设思政、文学、外语、体育四个教研室。在学术上注重学科间的交叉综合与特色型的拓展创新，同时通过对学术高度的提升与课程内涵的挖掘，为学院构筑综合人文教育的平台，并努力构建以必修课为内核的哲学社科、人文历史、语言文化、品质人生、艺术对话五大课程模块。

## 实验教学管理部

实验教学管理部成立于2007年，旨在规范、完善实验教学管理机制，实现实验教学资源共享，提高教学质量，重组和构建各学科专业的实验室群，力求打造成为国家级或省级艺术教育实验教学示范基地。本部设有公共基础、造型艺术、设计艺术、公共艺术、传媒动画等六个实验中心。

## 附属中等美术学校——象山校区

中国美术学院附属中等美术学校创办于1929年（时称"国立艺术高中部"），是中国最早创建的基础美术教育基地，是中国美术学院的一个重要组成部分。1954年和1958年分别改称中央美术学院华东分院附属中等美术学校和浙江美术学院附属中等美术学校，1993年确定今称。附中以培养扎实的专业基础、开阔的艺术视野、具有较高的文化素养的高等艺术学院优秀生源和中等美术人才为办学宗旨，创校至今，已培养学子数千名，其中有许多著名艺术家：王式廓、董希文、王朝闻、朱德群、赵无极、吴冠中等。现面向全国招收初中应届、历届毕业生及留学生，学制三年。

中央美术学院 中国美术学院 清华大学美术学院历届高才生素描精品集

素描头像 中央美术学院 中国美术学院 清华大学美术学院历届高才生素描精品集

车韦二水

素描头像 中央美术学院 中国美术学院 清华大学美术学院历届高才生素描精品集

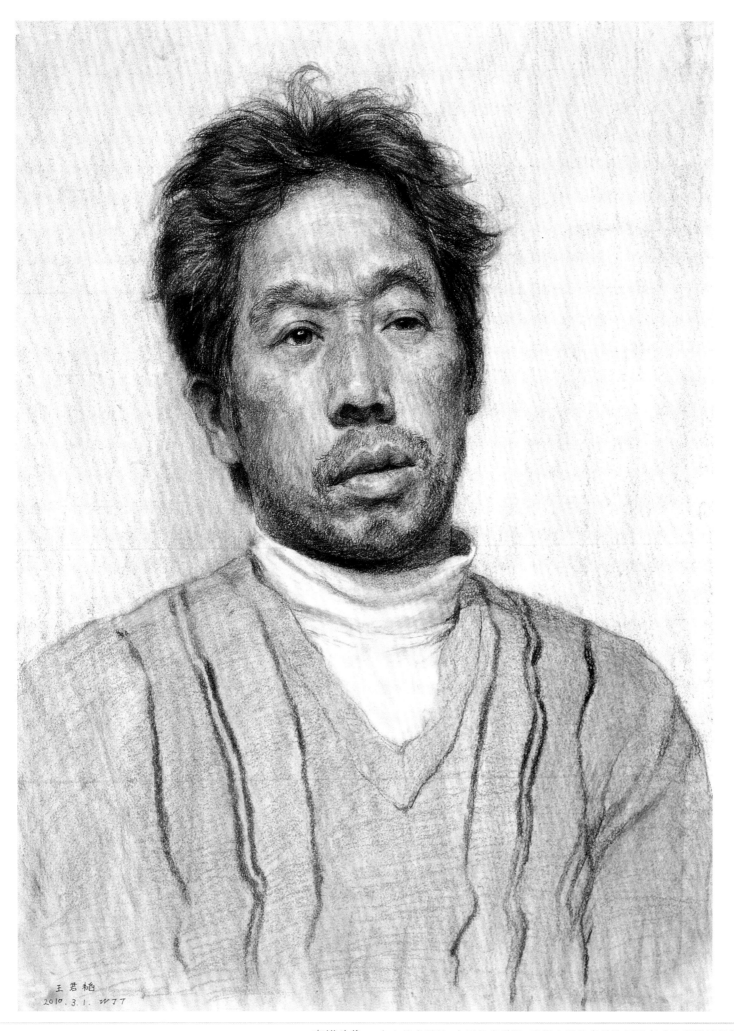

素描头像 中央美术学院 中国美术学院 清华大学美术学院历届高才生素描精品集

潘远宁

素描头像 中央美术学院 中国美术学院 清华大学美术学院历届高才生素描精品集

素描头像 中央美术学院 中国美术学院 清华大学美术学院历届高才生素描精品集

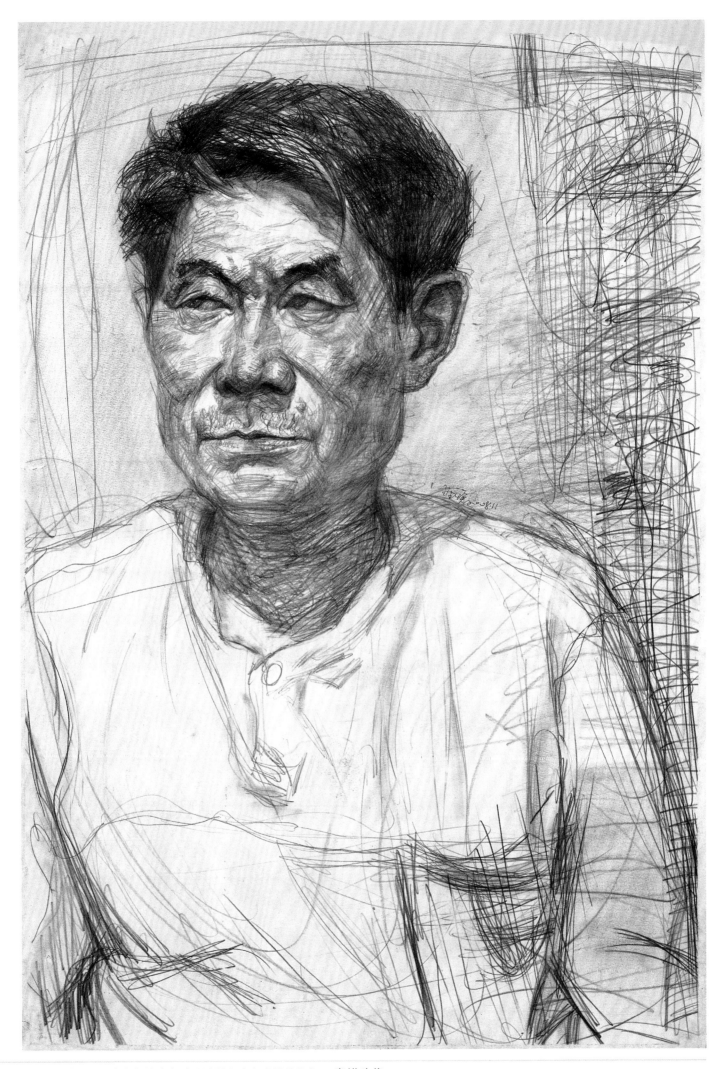

素描头像 中央美术学院 中国美术学院 清华大学美术学院历届高才生素描精品集

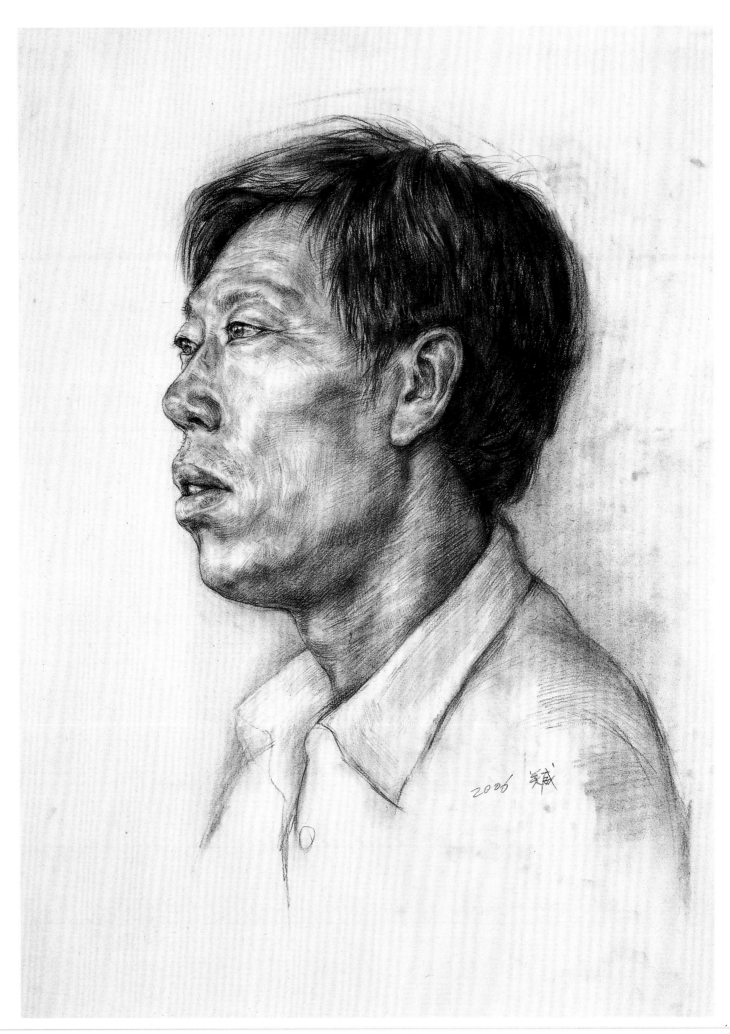

沈宁
(2005.12.10)

素描头像 中央美术学院 中国美术学院 清华大学美术学院历届高才生素描精品集

素描头像 中央美术学院 中国美术学院 清华大学美术学院历届高才生素描精品集

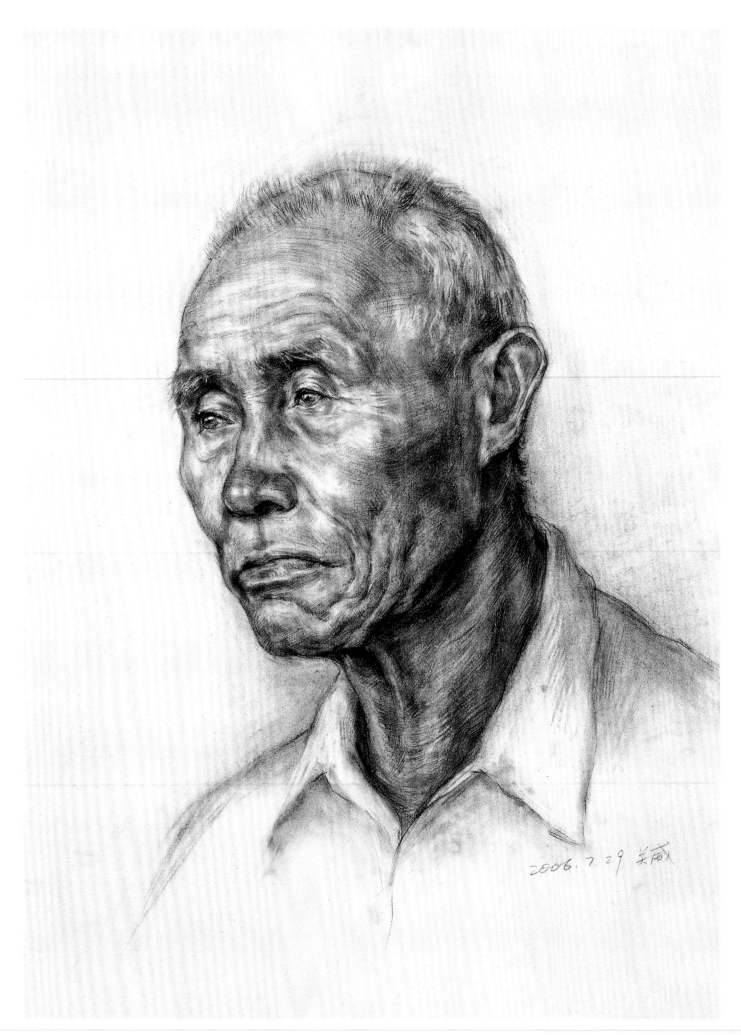

2006.7.29 关威

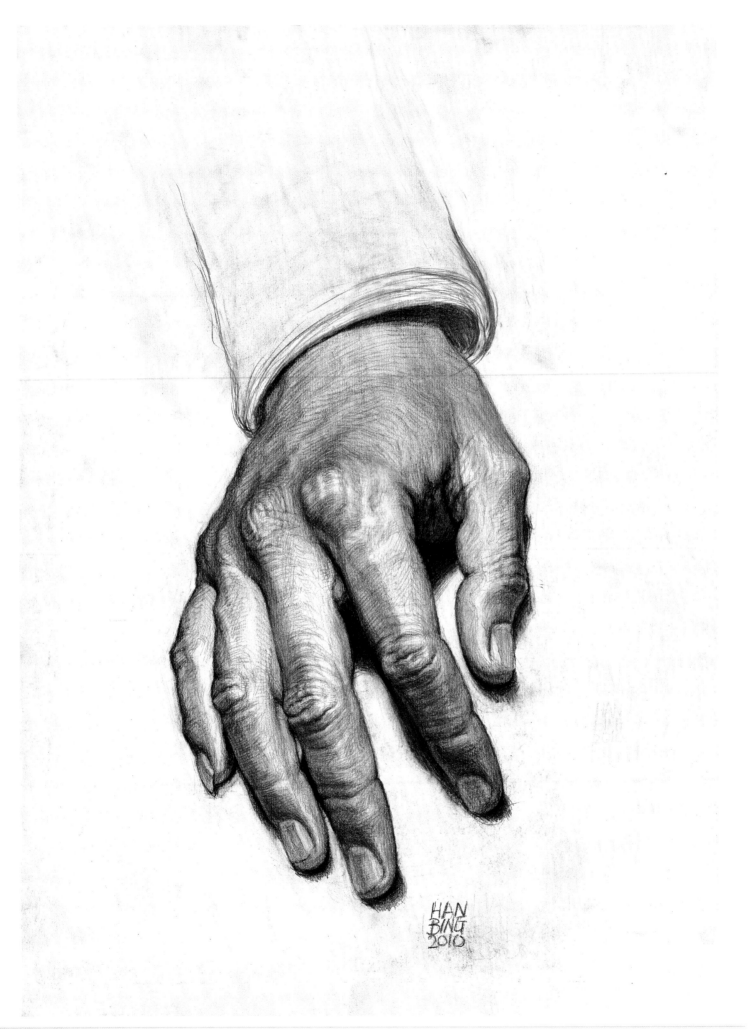

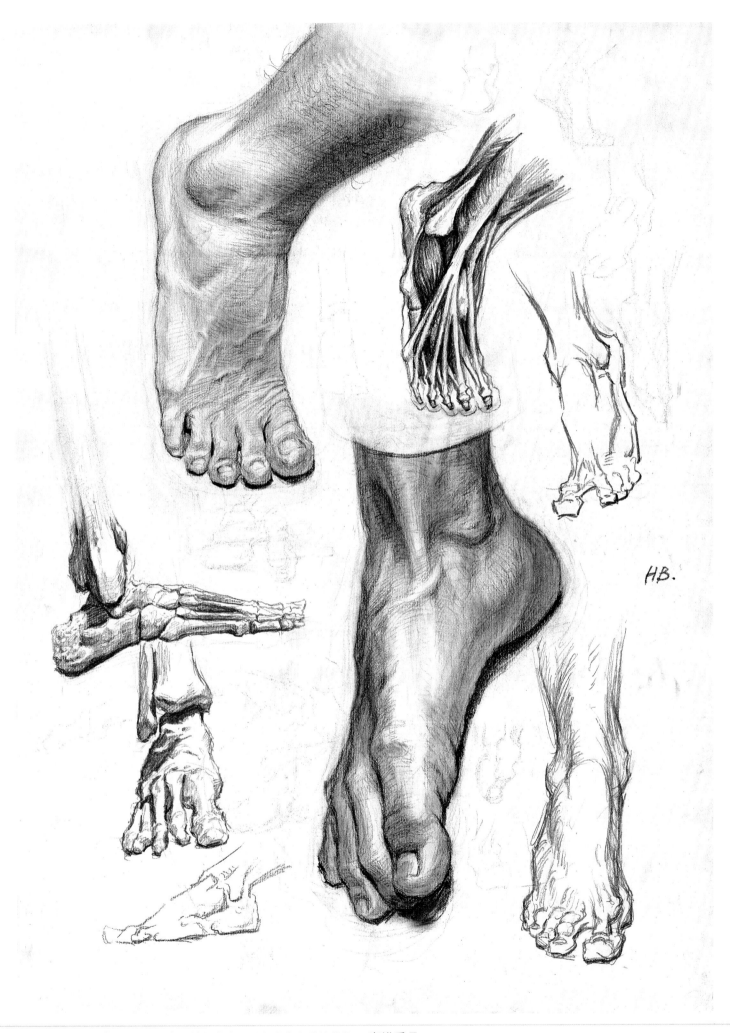

素描全身像 中央美术学院 中国美术学院 清华大学美术学院历届高才生素描精品集

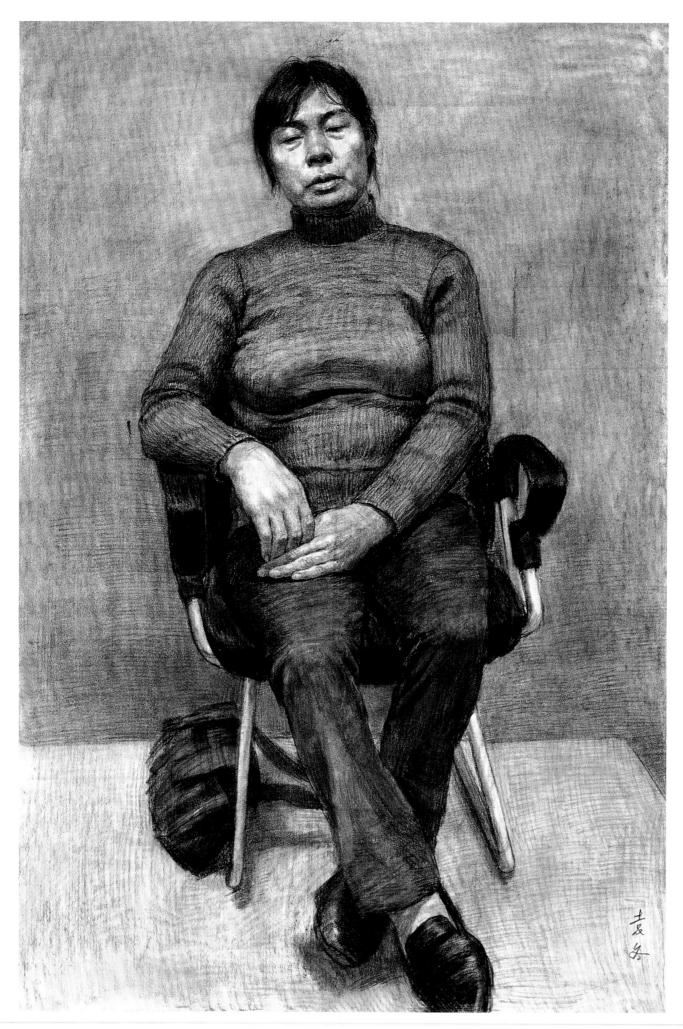

素描全身像　中央美术学院 中国美术学院 清华大学美术学院历届高才生素描精品集

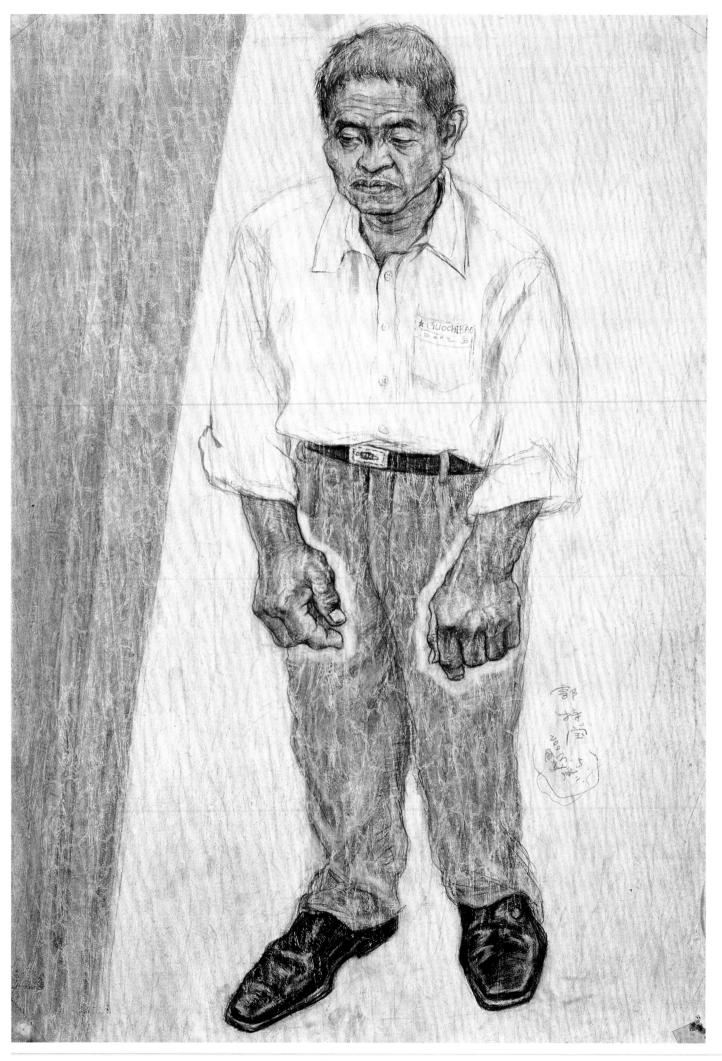

素描全身像　中央美术学院 中国美术学院 清华大学美术学院历届高才生素描精品集

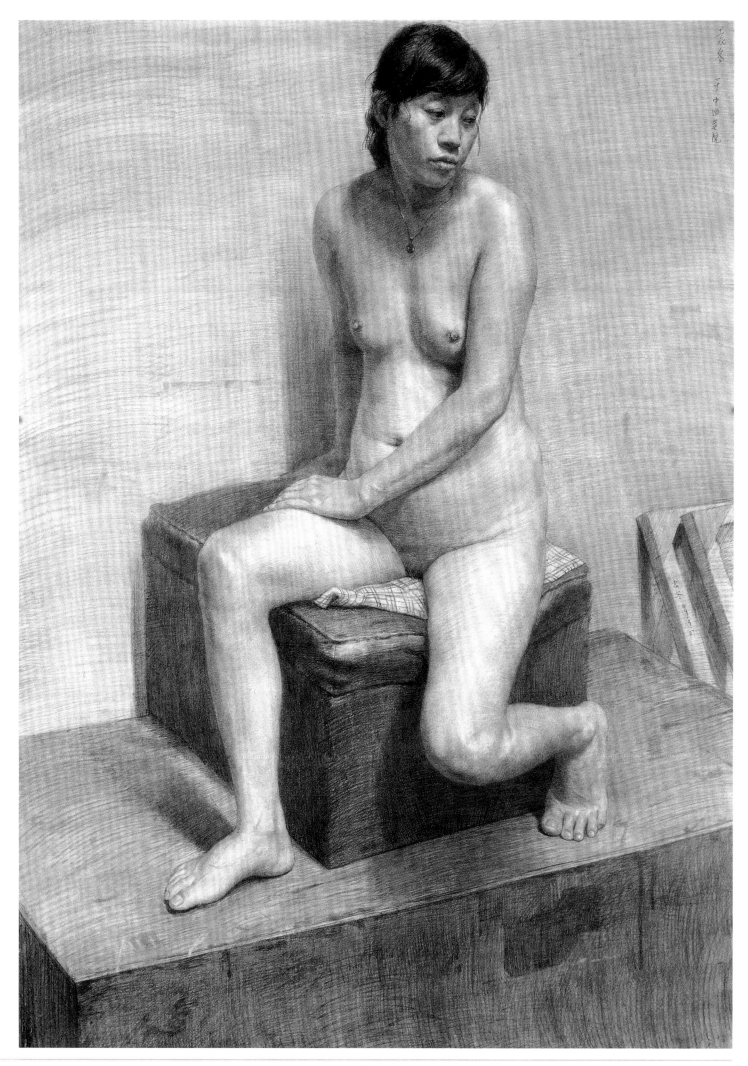

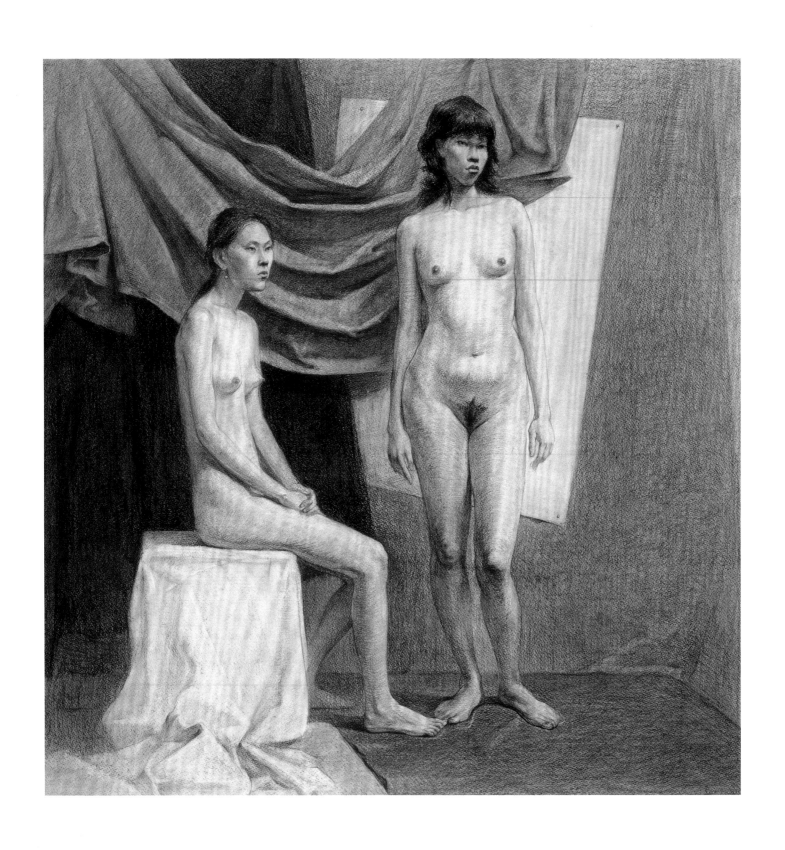

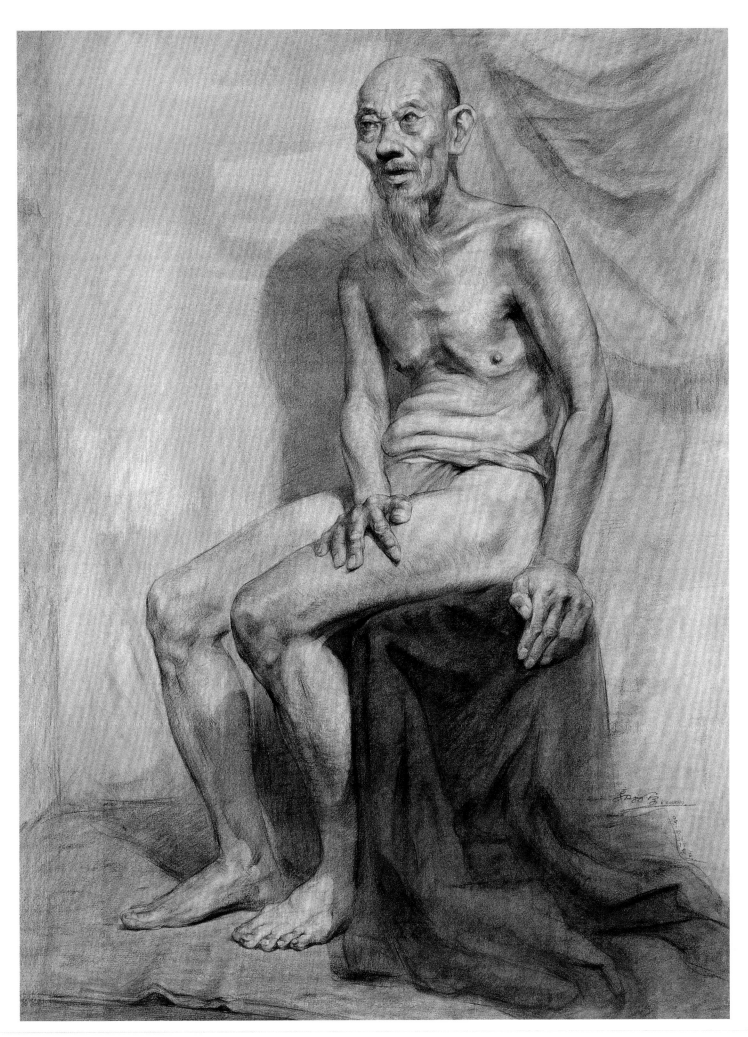

素描静物 中央美术学院 中国美术学院 清华大学美术学院历届高才生素描精品集

素描石膏像 中央美术学院 中国美术学院 清华大学美术学院历届高才生素描精品集

素描石膏像　中央美术学院 中国美术学院 清华大学美术学院历届高才生素描精品集

素描石膏像 中央美术学院 中国美术学院 清华大学美术学院历届高才生素描精品集

素描石膏像 中央美术学院 中国美术学院 清华大学美术学院历届高才生素描精品集

# 清华大学美术学院简介

## 学院概况

清华大学美术学院，其前身是 1956 年中华人民共和国国务院正式批准成立的中央工艺美术学院，后于 1999 年并入清华大学，更名为清华大学美术学院。2005 年，清华大学美术学院从光华路校址正式迁入清华大学校内新建教学楼，优越的学习环境，丰富的教育资源，多学科交叉，深厚的学术背景为清华美院进一步发展提供了新的契机和有力保障。

清华美院是中国艺术院校中实力最强、影响最大的设计学院，是中国唯一连续三年入围"世界 60 佳设计学院"的院校，连续多年位居中国艺术设计类院校排行榜首位。学院以培养学生的观察力、理解力和创造力为重点，既注重专业基础教学，又重视拓展学生的多方面知识领域，努力提高学生的综合文化素质和艺术素养；注重继承和学习中外各民族的优秀文化传统，同时，关注和研究国内外美术与艺术设计学科发展新动向；强调设计为生活服务，设计与工艺制作、艺术与科学的结合；提倡实事求是、理论联系实际、严谨治学的学风。

清华美院现具有设计艺术学和美术学两个学科的硕士和博士学位授予权，并设有艺术学博士后科研流动站。2001 年，"设计艺术学"被教育部评为"全国高等学校重点学科"。2008 年，"艺术学"一级学科被北京市教委评为北京市重点学科。目前，学院正在申请国家社科类重点实验基地。建院以来，该院师生在国内外多种大型艺术设计创作活动中取得了显著成就，先后出色

完成重大艺术设计项目 200 余项，获国际国内各类奖项 300 余项，出版教材、专著、专题、教学片等 400 余部。

学院设有设计、美术和史论三大分部和一个培训中心。其中设计分部由染织服装艺术设计系、陶瓷艺术设计系、工业设计系、环境艺术设计系、装潢艺术设计系和信息艺术设计系组成；美术分部由绘画系、雕塑系、工艺美术系和基础教研室组成；史论分部由艺术史论系和《装饰》杂志社组成。学院拥有许多著名的艺术教育家、艺术家和学者，具备雄厚的师资力量。目前共有教师 200 余人，其中教授 60 余人，副教授 90 余人。学院现实行学分制，新生入学第一年不分专业，主要学习基础课程，第二年根据个人志愿、学院学科建设规划和社会发展需要自主选择专业方向。

在清华大学建设世界一流大学的总体规划指导下，美术学院正继续保持和发扬原中央工艺美术学院的办学特色和设计艺术学科的优势，并加速发展美术学科，深化教育改革，将专业化教学、创作型设计、理论性研究与社会实践紧密结合，探索现代设计艺术学科和美术学科的合理结构，力争将清华美院建成具有鲜明特色的国际一流的美术院校。

# 院系设置

## 染织服装艺术设计系

染织服装艺术设计系是由染织美术系和服装设计系于 1991 年合并而成的，其前身是我院创建最早的专业系之一——染织美术系。

该系现有染织艺术设计和服装艺术设计两个专业方向，下设纤维艺术设计教研室、室内纺织品设计教研室、染织 CAD 教研室、服装工程教研室、服装 CAD 教研室。应用性很强，具有广阔的纺织行业和服装行业市场需求，主要培养科研单位、高等院校以及相关企业从事染织、服装设计和研究的专门人才。染织服装艺术设计系一直强调理论联系实际的发展原则，注重专业学术研究的同时加强与企业联系和国际交流，该系师生作品多次参加国内外专业展览并获奖。

## 陶瓷艺术设计系

陶瓷艺术设计系是我院开设最早的专业系之一。该系师资力量雄厚，教学体系完备，硬件设施齐全，为学生创造了浓厚的学习氛围和良好的学习环境。

现下设陶瓷设计、传统陶艺和现代陶艺三个专业方向。在专业教学方面，注重课程设置的系统性、完整性和延续性，注重理论与实践相结合，以中国传统文化为依托，立足学术研究和艺术探索，并通过经常开展国际学术交流，促进专业教学。陶瓷设计旨在培养专门从事陶瓷产品设计的专门人才，以提高我国陶瓷设计水平和陶瓷产品在国际上的竞争力。传统陶艺重在学习传统陶瓷技艺，将手工艺与日常生活结合起来，以弘扬我国传统手工艺文化。现代陶艺重点以培养学生的创新能力与现代意识，探索陶瓷材料更多的可能性。

## 视觉传达设计系

视觉传达设计系（原装潢艺术设计系）是学院成立之初时开设的三个专业系之一，经过多年的积累，其教学力量雄厚，教学设施完备，教学体系完整，所培养的人才，在国内各高等院校、研究院所及相关企业发挥着重要作用。该系目前设有：平面设计、广告设计、书籍设计三个专业，强调各专业方向交叉互动和丰富灵活的教学方式，重视实践并与国内外多所相关院校进行广泛深入的学术交流，以适应当前国际学术发展的新潮流。

视觉传达设计系十分重视专业理论的建设，强调理论与实践的相互结合，旨在培养具有创造性思维、扎实的专业基础、广博的理论素养和高超的设计能力的优秀设计人才。

## 工业设计系

工业设计系成立于 1984 年，是国内最早开始工业设计教学的单位之一，建系之初设工业设计专业，1991 年创办展示设计专业，2001 年增设交通工具造型设计专业。在建立符合中国国情的工业设计教学体系方面经过长期有益的探索，逐渐形成了系定跨专业基础课和专业课的两层本科教学结构和以主干设计课带动下的系列专业设计课程教学思路。培养了大批优秀人才，具有强劲的就业竞争力和广泛的就业选择能力。该系学生人均拥有的综合教学资源丰厚，居全国之首。在国内设计教育、产品开发、展示设计、广告设计、环境设计等领域培养出大量优秀人才。目前，工业设计学科为教育部重点学科。

## 环境艺术设计系

环境艺术设计系成立于 1988 年，其前身是中央工艺美术学院室内装饰系，是我国大陆地区最早设立室内设计和景观设计专业方向的系。

该系现设有室内设计和景观设计两个专业，室内设计专业内容主要为室内空间装修、室内陈列等综合设计。景观设计专业主要内容为建筑景观系统和城市空间视觉形象的综合设计，以"景观设计"系列课程为核心。教学的社会实践环节是环境艺术设计系的重点内容，该系为学生们创造条件，进行课程的项目教学，并依托广泛的社会交流基础和国际交流机会，为学生提供各类学习平台和机会，创造了良好的就业前景，为我国培养了大批优秀环境艺术设计的专门人才。

### 信息艺术设计系

在信息产业飞速发展的背景下，"信息设计"作为一种交叉性专业应运而生，该专业强调学生在信息科技与艺术方面的整合能力，培养他们以用户体验为中心的策划能力、设计能力和创意能力。

该系现设四个专业方向："信息设计"、"动画设计"、"数字娱乐设计"以及"新媒体艺术"（研究生层面专业）。以上几个专业面向社会文化、经济的需求，涵盖了文化、艺术、设计的前沿领域。

信息艺术设计系倡导前沿性、高起点、交叉性和开放式国际化的办学思想，该系从人文的视角，在艺术与信息科学的交叉领域，注重发展学生的创造、策划等能力，培养现代社会背景下面向信息时代的复合型人才。

### 工艺美术系

工艺美术系成立于 2000 年，其前身为特种工艺系，后曾改名为装饰艺术系。该系师资力量的特色在于任课教师多是各领域已颇有建树的艺术家，其独特而系统的教学风格使学生们在学习专业技能同时也感受艺术家们的创作风格和艺术魅力。该系下设金属艺术、漆艺、纤维艺术和玻璃艺术四个工艺实验室。

工艺美术系的教学旨在弘扬和传承中国传统文化艺术，兼容东西方文化，提倡以人为本的手工文化，强化科技应用手段，关注人类生活品质。系统传授中外艺术史知识，注重实践能力、创作设计能力和社会适应能力，培养工艺美术设计、艺术创作的专门人才。

### 艺术史论系

艺术史论系成立于 1999 年，其前身为成立于 1983 年的工艺美术史系，该系以中外工艺美术史研究为特色，同时发展中外美术史研究的综合性艺术史论研究和教学机构。现有设计艺术学和美术学两个二级学科，其中设计艺术学是全国高等院校中同领域内最早的硕士点和博士点，2001 年被评为国家级重点学科。在 2001 年以前，也是国内唯一的工艺美术学（艺术设计学）博士点。美术学于 2000 年设立硕士点。2003 年，获得美术学博士点，成为当时国内仅有的同时拥有艺术设计学和美术学博士点的艺术史系。该系定期聘请国内外的专家学者前来讲学和交流，拓宽了师生的学术视野。毕业生就职范围主要为艺术高校、艺术博物馆、新闻媒体、出版单位、艺术研究单位与画廊等。

该系很多毕业生已成为国内美术史论，特别是艺术设计史论教学和科研的骨干力量，为艺术和中国艺术设计的发展做出了重要贡献。

### 绘画系

绘画系成立于 1999 年，其前身为装饰艺术系的装饰绘画专业。该系倡导以民族文化为依托，弘扬传统艺术，学习借鉴一切人类优秀的文化艺术成果，兼容并蓄，勇于创新，不断进取。

该系下设中国画、油画、版画和壁画四个专业工作室，并另设材料和技法研究室。

绘画系重视艺术史论的课程教学，除中外美术史、中外工艺史、艺术概论等课程外，还开设有各专业史的课程。实行多元的教学方针和综合性的教学管理，使学生不仅掌握绘画基础技巧，也同时接受有关艺术史论研究、教育的规范教学，以培养出德艺双馨的艺术人才。

### 雕塑系

雕塑系成立于 2000 年，办学理念是依托传统、立足当代、关注未来。该系注重专业技能教学和综合素质的培养，强调教学与实践相互结合，为我国高等艺术院校、艺术研究机构、城市雕塑建设等领域造就了大批优秀人才。该系在注重专业教学、创新实践能力培养的同时，也注重与国内外的艺术机构的文化交流。旨在重点培养具有综合素质良好、专业基础扎实、理论学识广博的雕塑专业人才。

### 基础教学研究室

基础教学研究室成立于 2002 年，其前身是 1988 年成立的基础部。下设素描教研组、色彩教研组、图案教研组等，承担全院一年级本科学生的基础课教学。

基础教学旨在通过科学化、系统化的训练，夯实学生的专业基础，提高学生的造型能力、审美能力，培养学生全面的综合素质，使学生在广泛吸收各门类造型艺术的精华，学习中国优秀传统文化，注重基础理论指导教学的基础上，解放思想，大胆创新。

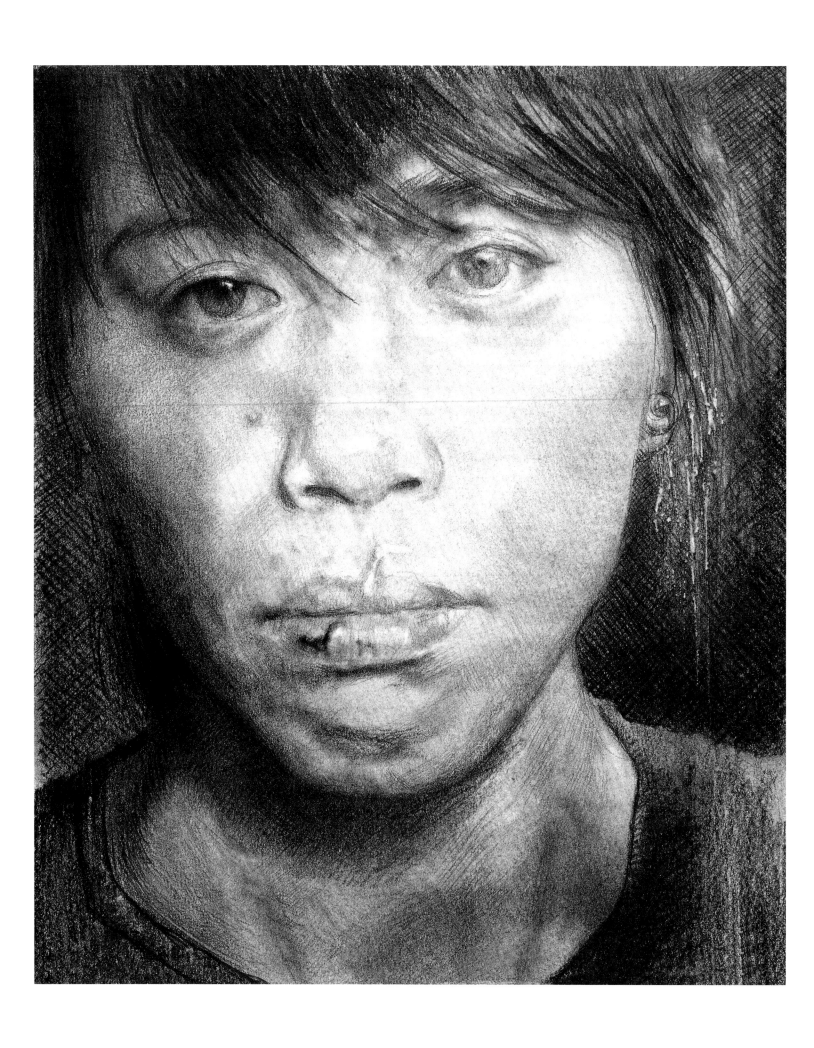

素描头像 中央美术学院 中国美术学院 清华大学美术学院历届高考生素描精品集

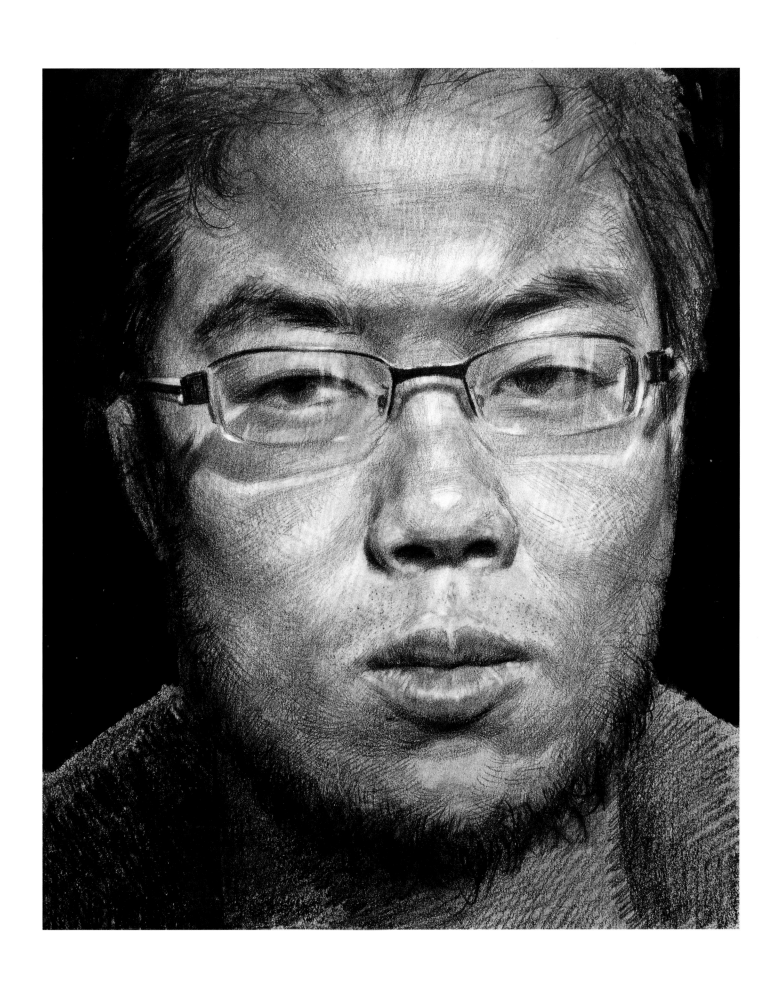

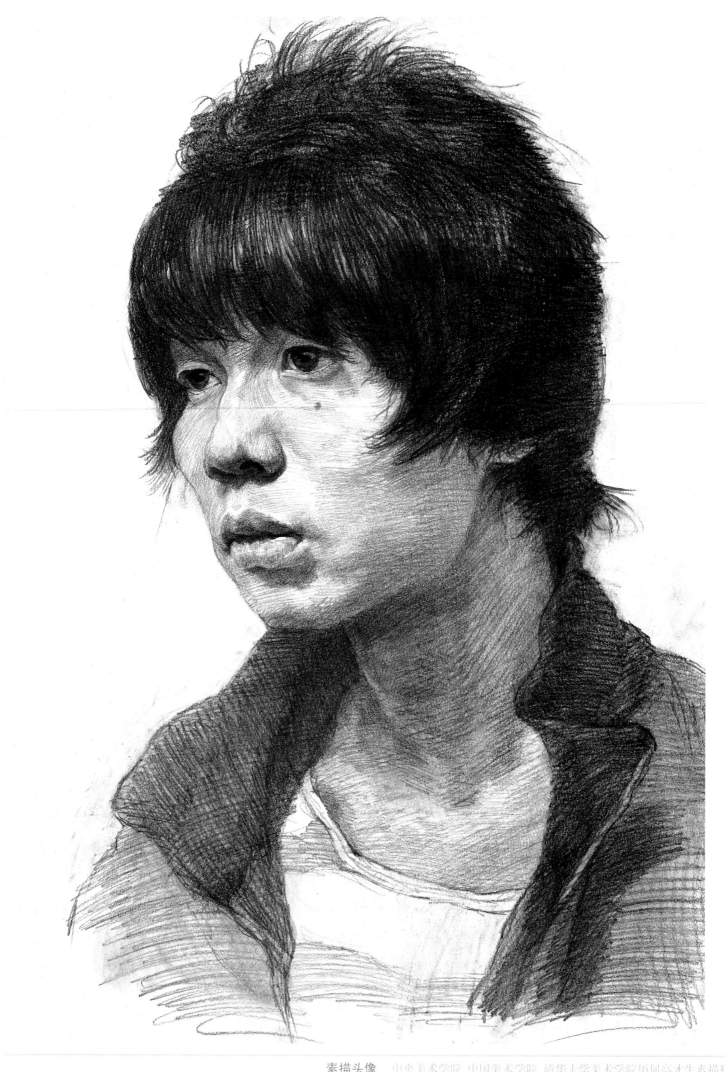

素描头像　中央美术学院 中国美术学院 清华大学美术学院历届高才生素描精品集

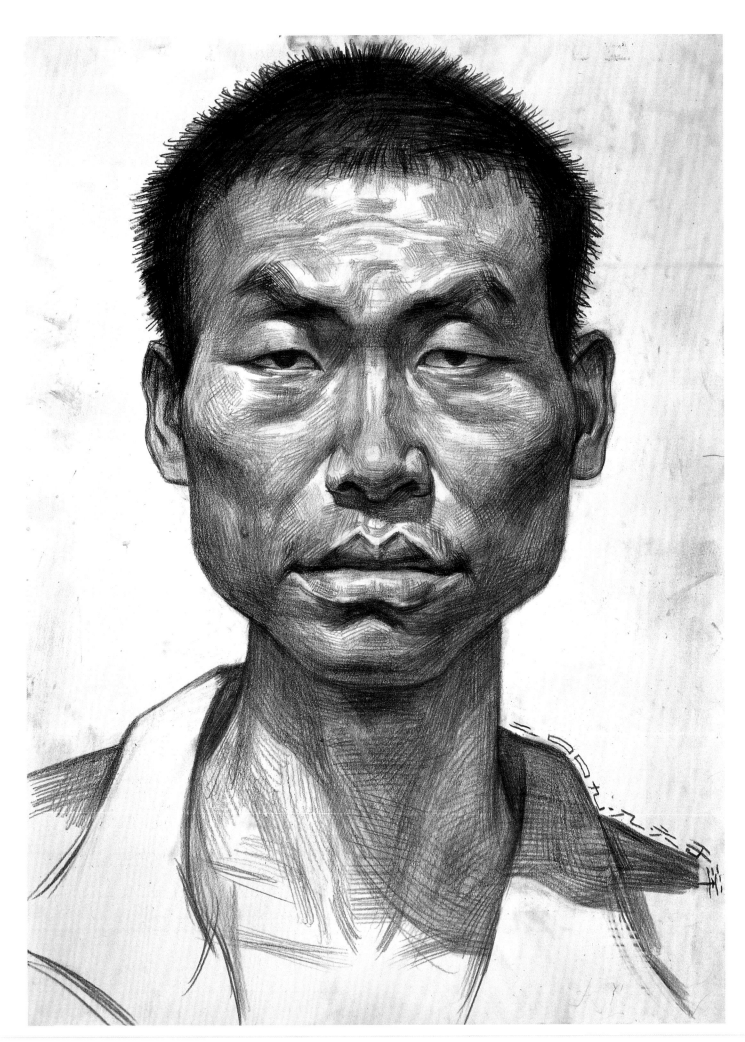

素描头像 中央美术学院 中国美术学院 清华大学美术学院历届品才生素描精品集

素描头像 中央美术学院 中国美术学院 清华大学美术学院历届高才生素描精品集

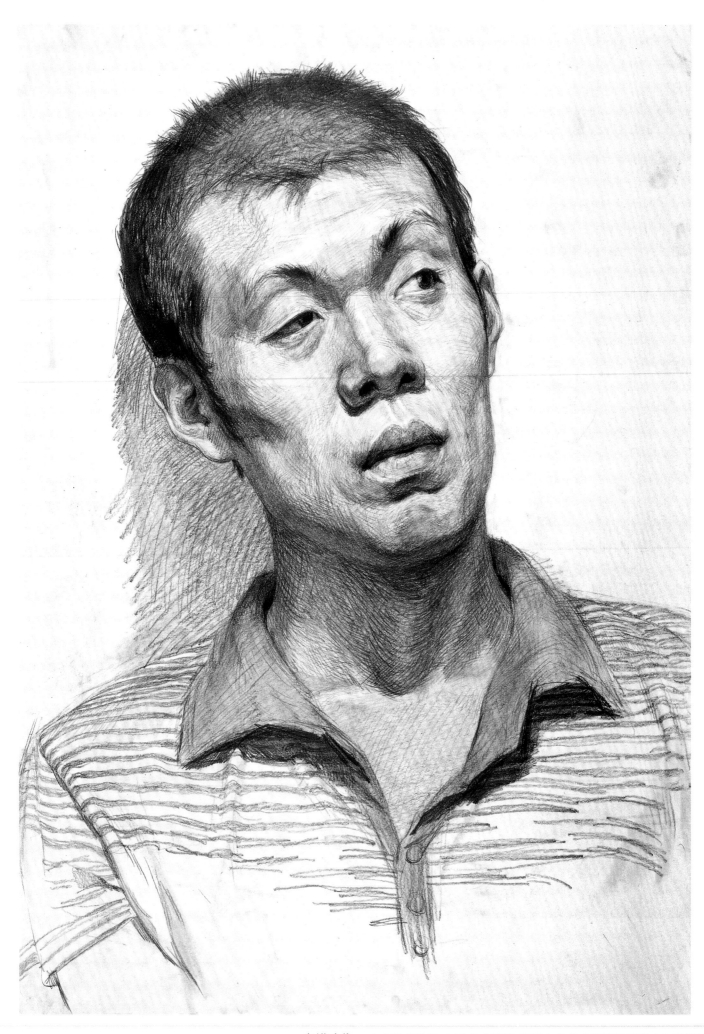

素描头像 中央美术学院 中国美术学院 清华大学美术学院历届高才生素描精品集

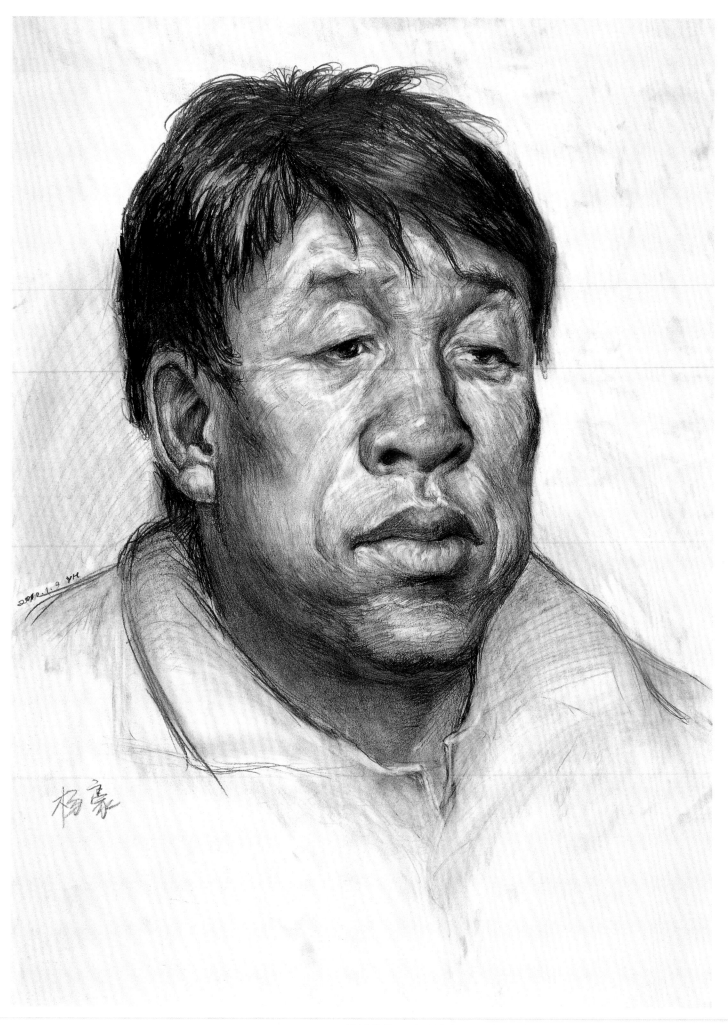

素描头像 中央美术学院 中国美术学院 清华大学美术学院历届高才生素描精品集

素描头像 中央美术学院 中国美术学院 清华大学美术学院历届高才生素描精品集

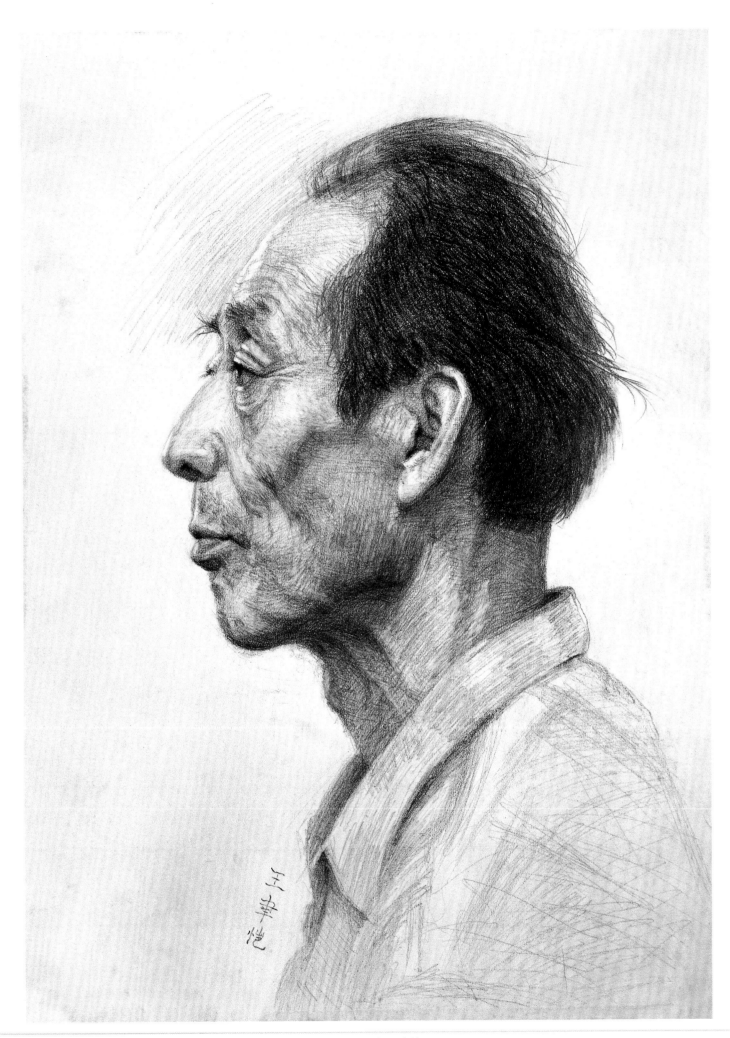

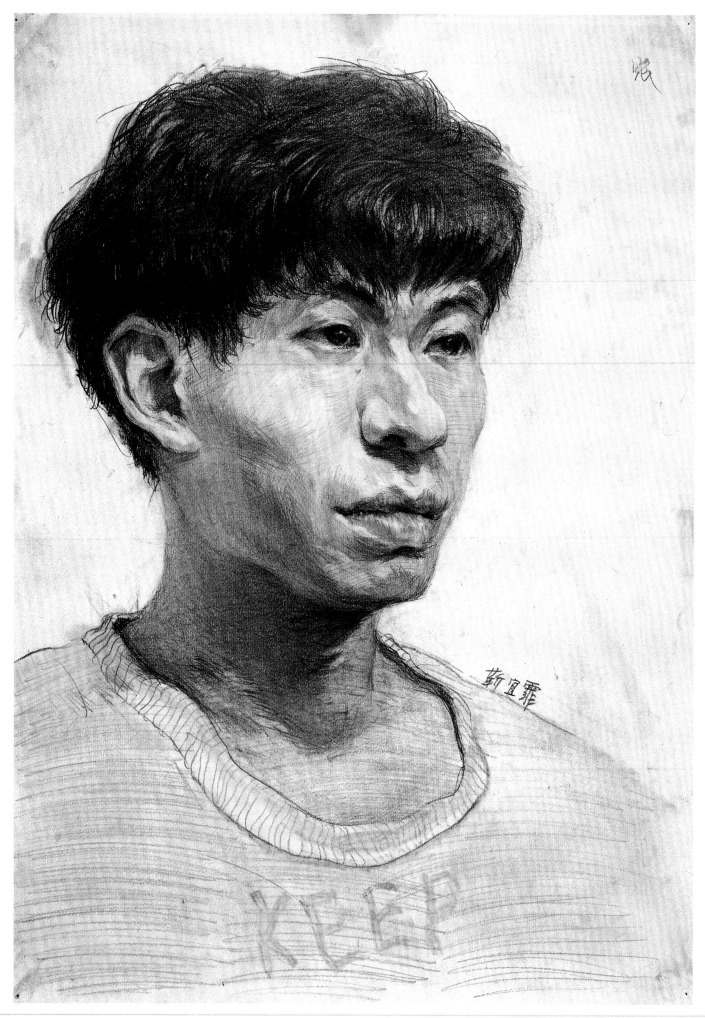

素描头像　　中央美术学院 中国美术学院 清华大学美术学院历届高才生素描精品集

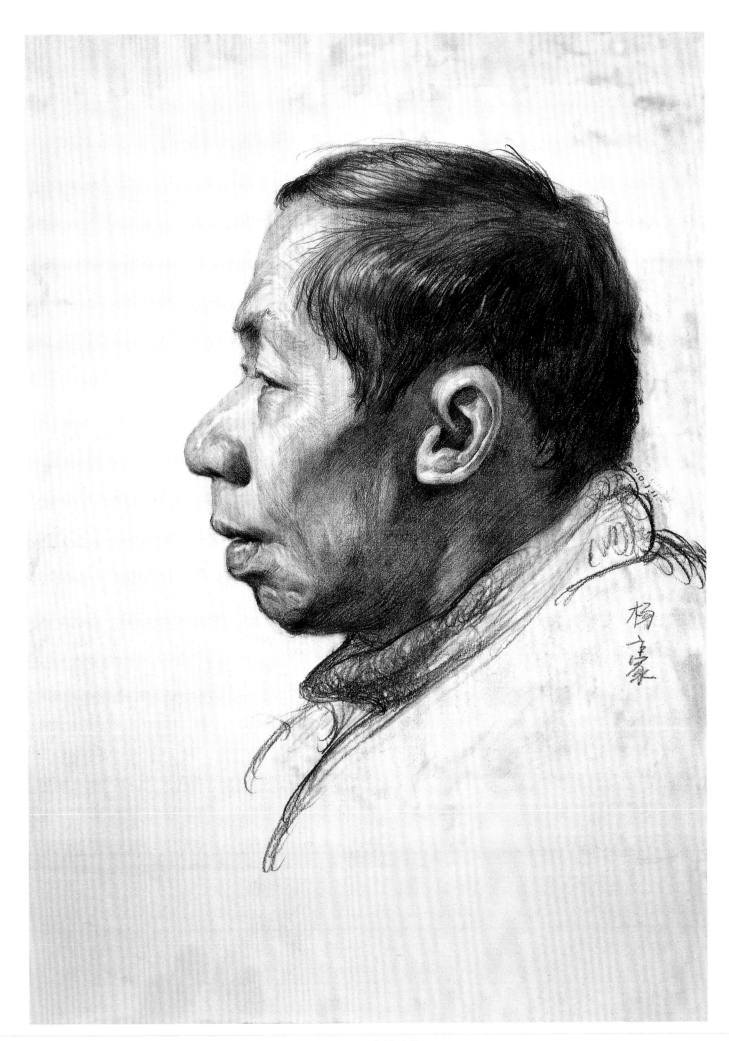

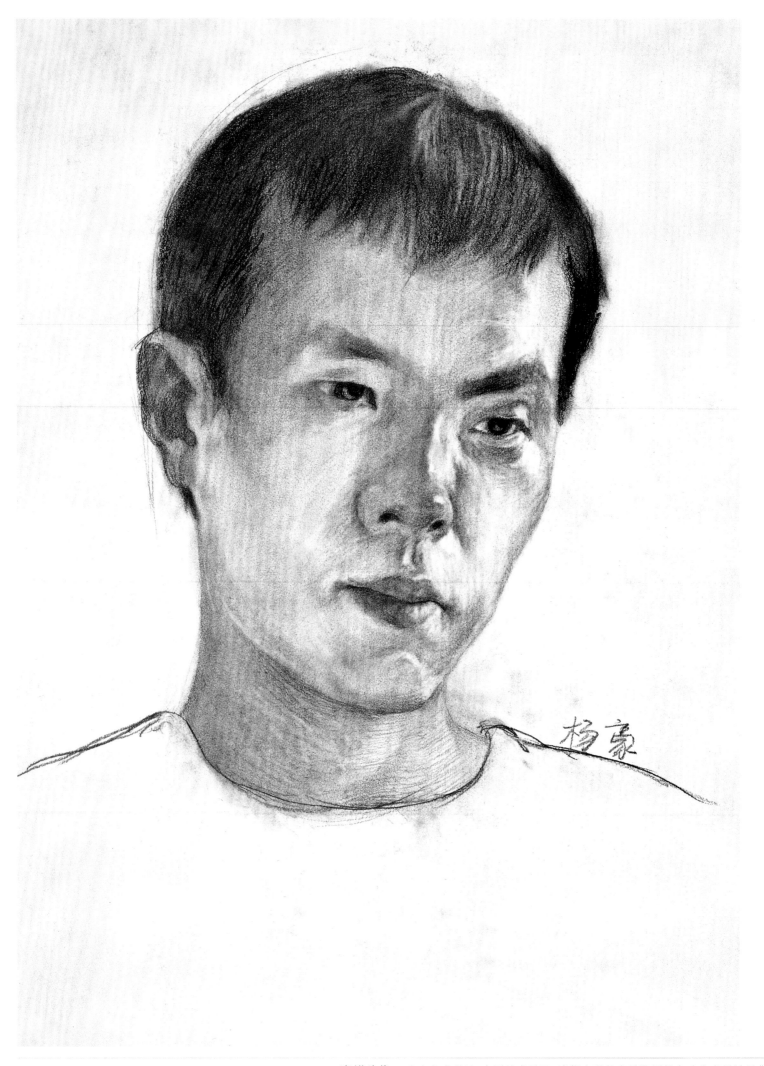

素描头像 中央美术学院 中国美术学院 清华大学美术学院历届高才生素描精品集

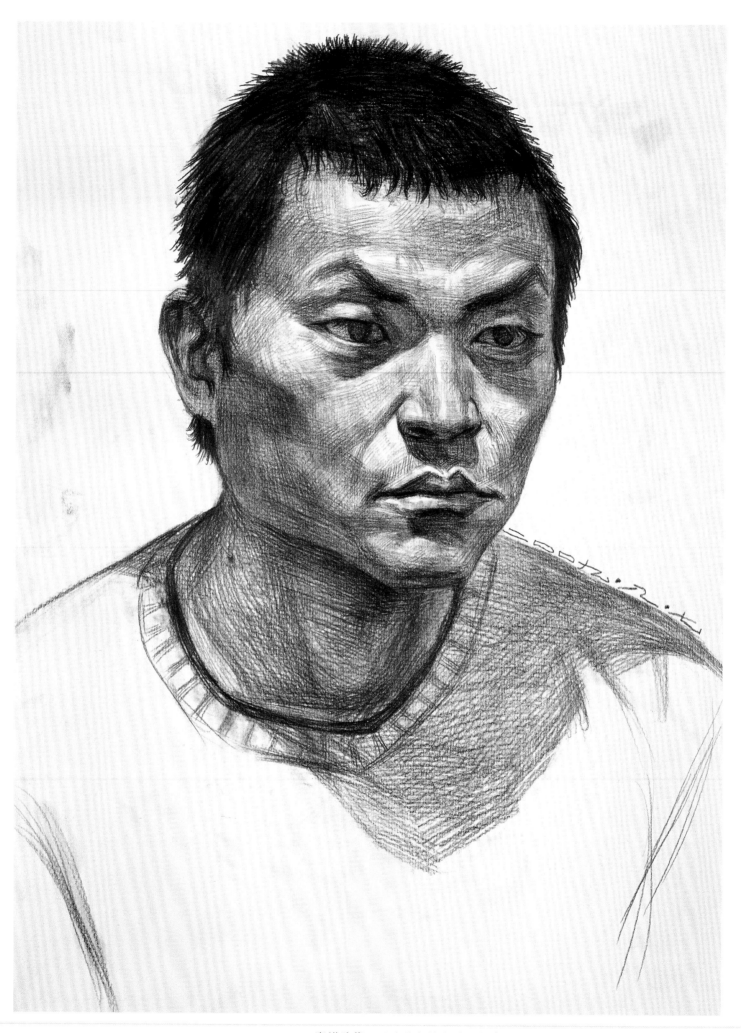

素描头像 中央美术学院 中国美术学院 清华大学美术学院历届高才生素描精品集

素描半身像  中央美术学院  中国美术学院  清华大学美术学院历届高才生素描精品集

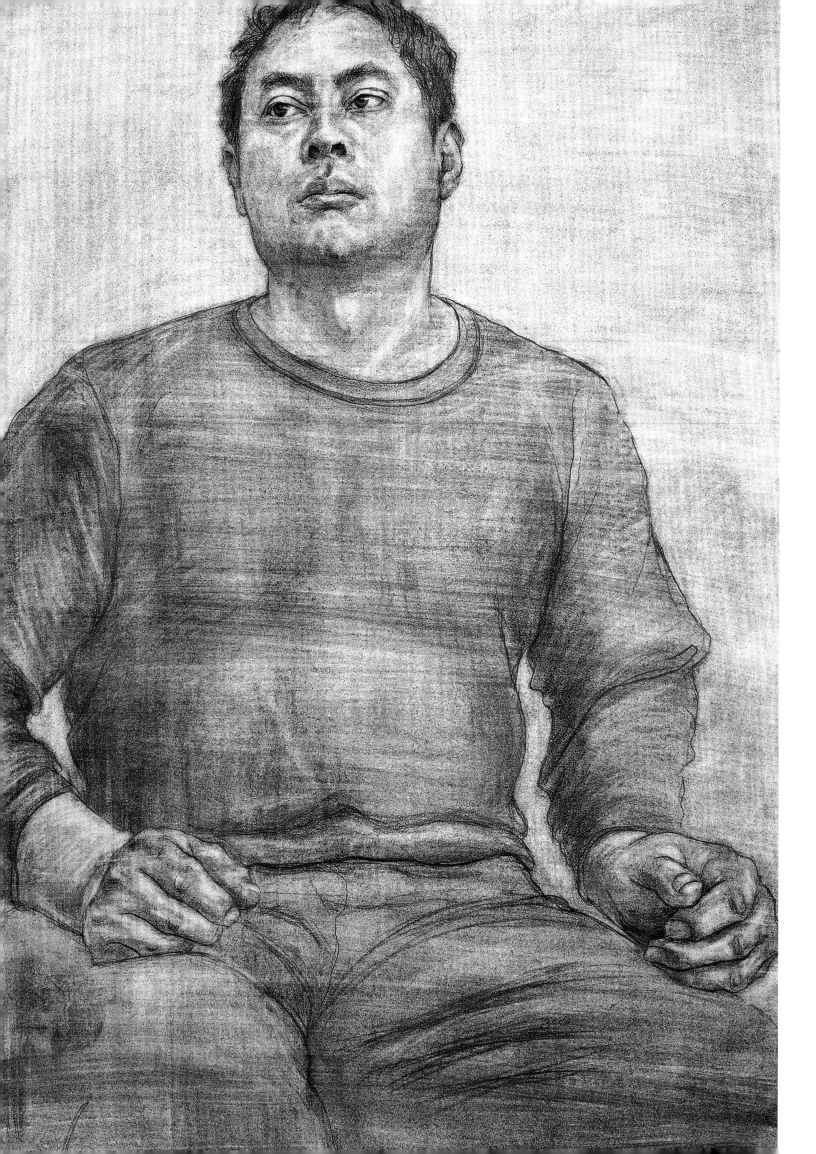

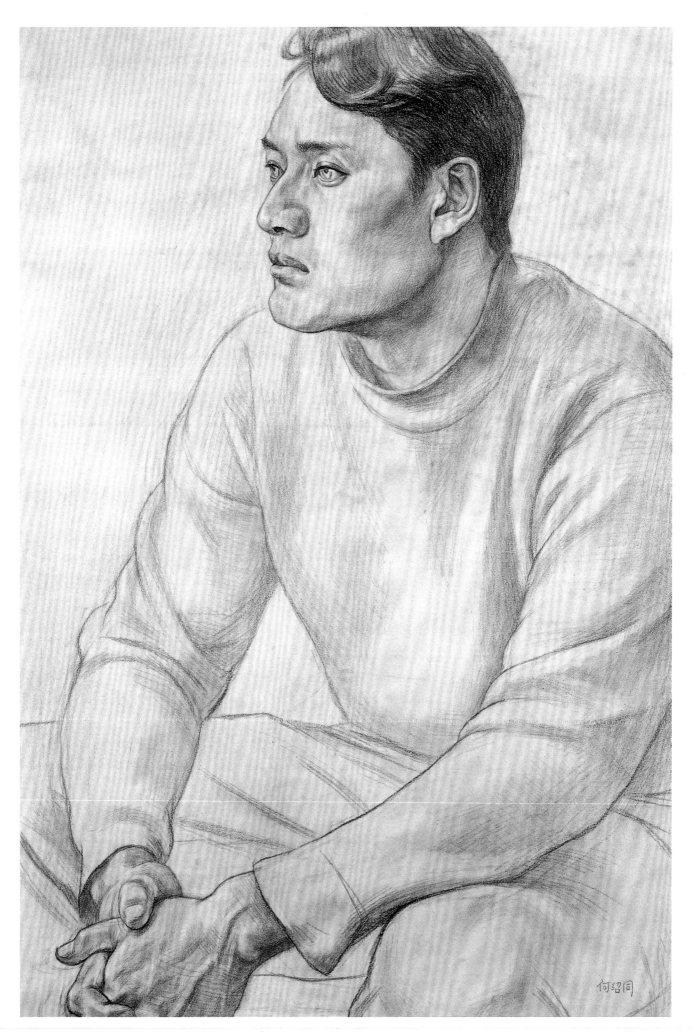

何绍同

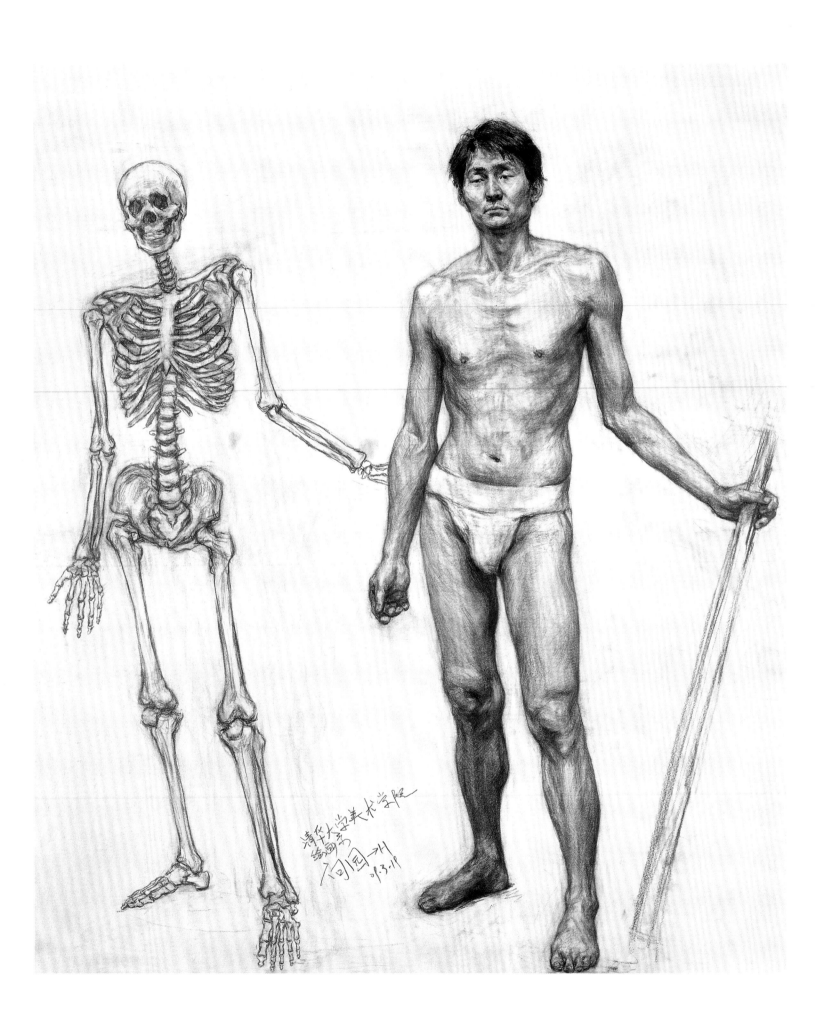

素描人体　中央美术学院 中国美术学院 清华大学美术学院历届高才生素描精品集

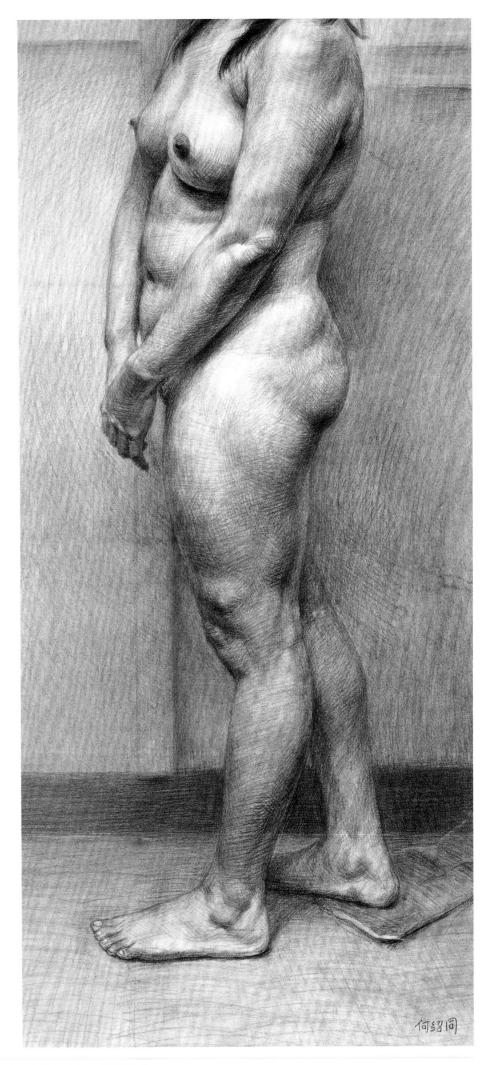

何绍同

素描静物 中央美术学院 中国美术学院 清华大学美术学院历届高才生素描精品集

素描静物 中央美术学院 中国美术学院 清华大学美术学院历届高才生素描精品集

素描石膏像 中央美术学院 中国美术学院 清华大学美术学院历届高才生素描精品集

素描石膏像 中央美术学院 中国美术学院 清华大学美术学院历届高才生素描精品集

2001.04.29.

**图书在版编目（CIP）数据**

中央美术学院中国美术学院清华大学美术学院历届高
才生素描精品集 / 韩冰主编． —— 南昌：江西美术出版
社，2010.11
ISBN 978-7-5480-0381-6

Ⅰ．①中．Ⅱ．①韩．Ⅲ．①素描－作品集－中国现
代．Ⅳ．① J224

中国版本图书馆 CIP 数据核字（2010）第 180784 号

# 中央美术学院中国美术学院清华大学美术学院历届高才生素描精品集
Zhongyang Meishu Xueyuan Zhongguo Meishu Xueyuan Qinghua Daxue Meishu Xueyuan Lijie Gaocaisheng Sumiao Jingpinji

| | | |
|---|---|---|
| 主　　编 | 韩　冰 | |
| 出版发行 | 江西美术出版社 | |
| 社　　址 | 南昌市子安路 66 号 江美大厦 | |
| 网　　址 | http://www.jxfinearts.com | |
| 经　　销 | 全国新华书店 | |
| 印　　刷 | 北京圣彩虹制版印刷技术有限公司 | |
| 版　　次 | 2010 年 11 月第一版 | |
| 印　　次 | 2010 年 11 月第一次印刷 | |
| 开　　本 | 635 毫米×965 毫米　　1/8 | |
| 印　　张 | 20 | |
| 印　　数 | 6000 | |
| ISBN | 978-7-5480-0381-6 | |
| 定　　价 | 65.00 元 | |

赣版权登字 -06-2010-199